antonio bivar
Perseverança

antonio bivar
Perseverança

HUMANALetra

PREFÁCIO

Este é o quinto volume de minha autobiografia. Nele estão mais dez anos e alguns meses. De 1982 a 1993. Ao decidir que era chegado o tempo de escrevê-lo, como atleta das palavras fiz o devido aquecimento antes de entrar em campo. O campo, no caso, era a apavorante primeira folha em branco. Antes de passar para o computador, como de praxe, escrevo o livro inteiro em cadernos.

Maturado na função de escriba, a ideia, desta feita, seria um livro mais direto e enxuto. O desafio estava em como enfiar uma década inteira, sem dúvida tão rica quanto as precedentes, em tão espremido espaço, já que decidira, como desafio, fazê-lo em aproximadamente não mais que duzentas e poucas páginas. Por hábito, a cama é o melhor lugar para ler um livro. E na cama deitado, ler livro muito volumoso é desconfortável. Pode causar tendinite. Daí minha decisão de enfiar dez anos na justeza de tão enxutas páginas.

Além desse primeiro desafio me propus a outros. Meu lado de artista experimentalista continuava tentado ao novo. Depois do dificultoso *brainstorming* à espera que o *novo* me assoprasse, no meio de uma noite, ao despertar para urinar (rotina infalível na idade avançada), fui finalmente acudido com a revelação que esperava: escrever o livro na terceira pessoa. Nunca fui de falar de mim na terceira pessoa, como Pelé faz, mas, pensei finalmente desperto, por que não agora, com todos os direitos providos pela maturidade? Seria um desafio, mas sempre topei desafios. O importante era avançar com a saga, mas também me divertir na tarefa de pô-la no caderno. Decidi também não ficar preso só aos dez anos, mas ficar aberto às incursões dos antes e depois, sendo que o depois vem até a presente data. E ao narrar o vivido, o faço com a espontaneidade com que as coisas aconteceram, usando de pinotes e algum distanciamento crítico.

Para não me estender além do já estendido – pois prefácio muito extenso é chato – vou direto ao que interessa: começo em terceira pessoa, e com ela brinco ao longo da narrativa, mas também retorno à primeira pessoa, quando esse conforto exige, e, mais adiante, arrisco até um capítulo inteiro com heterônimo feminino.

A terceira pessoa valeu como prancha para começar o surfe. Depois, livre da prancha, me deixei flutuar na calmaria. O restante veio espontaneamente, mas ligado ao ritmo do método meticuloso. No meio da aventura vi que dava pé dividir o livro em duas partes, sendo que na segunda parte faço seletivo uso do diário do período abrangido. Também leitor de diários, sei que têm o especial encanto de fazer com que o passado, para quem o lê, traga o sabor vívido do ontem para o agora.

De empurrão inicial recebi de uma irmã, no WhatsApp da família, um santinho cuja oração continha esse trecho: "Livrai-me também, Senhor, da tolice de querer contar tudo com os mínimos detalhes, mas dá-me asas para voar diretamente ao ponto que interessa".

1

Depois de outro ano de férias e escola no exílio voluntário, enriquecido no autodidatismo, Bivar retorna para seguir com o curso da missão, determinado a avançar com o enredo de onde parara. Desconhecia o rumo. Usar o remo no barco só dependia do alongamento inicial de eterno aprendiz. O exercício de aquecimento. Aos 43 anos, que é quando começa este livro, entrado na meia-idade, Bivar sentia-se cheio de vida e preguiça. Bem recebido como escravo fujão, a bagagem trazida não continha apenas boas roupas, bons e escolhidos acessórios, o necessário para se passar por "fino" quando ocasião e condição de escravo diferenciado pedissem, mas, sobretudo, municiado das armas necessárias para o trabalho, já que casa-grande e senzala desse material careciam. Livros sutilmente escolhidos, não só para o prazer de leitor assíduo, mas também para utilidades e ensinamentos no ofício, revistas de seu gosto, assim como discos bem peneirados na seleção, e fitas K7 de montão, as Maxell e Sony de 90 minutos melhores gravadas, dentro de sua acurada e eclética escolha musical, ajudado pelo mestre Tião em seu musicalmente abarrotado porão londrino.

Presentes, trouxe só para a mãe. Para os outros, quiçá um mimo aqui, uma bugiganga simpática ali, coisas poucas; intuitivo, Bivar também sabia mimar. Mas o verdadeiro contrabando, a bagagem maior, não era a física, mas a mental. Ainda que vasta, pesava menos. O melhor de tudo estava na cabeça; nesse ofício também aprendera a ser destro.

2

Do pão cotidiano, continuar vivendo. Mesmo ruim, a vida vale o azar e a sorte de ser só uma. Única. Muitas vezes realmente boa. Ruim pelo que de chata, e boa pelo que supre de gozo. De modo que ali estava ele, na meia-idade e na terceira pessoa. Disposto a encarar. Caía na real, não tinha fiador, a situação era sem sal. Que se virasse. Problema dele. Arranjaram-lhe um grande apartamento numa rua abaixo da Oscar Freire. Apartamento térreo num prédio decadente na zona dos Jardins burgueses. Dois quartos. Um com cama de casal e o outro com duas camas de solteiro. Bivar ficou com esse. Bem casado consigo mesmo, cama de solteiro lhe bastava.

Poucos móveis e utensílios de cozinha o antigo morador ali deixara. Ótimo. Sempre vivera do mínimo. Ao jardim secreto que sabia não ser seu, mas esperto em nele penetrar, este lhe segredava: Não espalha, mas ao nosso modo pertencemos um ao outro. Se assim era, era porque assim lhe parecia. Sabia do Pirandello. Peitar a realidade era a parte que lhe cabia no latifúndio. E ele peitou. Reassumiu o posto de editor-chefe da revista grã-fina, embora seu salário no cargo fosse aquilo que o cinema realista francês chamava de "salário do medo". Mal dava para se manter. Medo, não se permitia sentir. Não tinha tempo para isso.

No ano que passara na Europa, de onde, mensalmente, escrevia dois terços da revista, usando diferentes heterônimos como falso correspondente internacional de vários pontos do circuito *fashion*, ainda que sua base fosse Londres. Dali, na Olivetti portátil Lettera 32, Bivar se fazia de "Gilberto de Thormes", o correspondente de Nova York; de "Tony Battistetti", o de Milão, e da chique Paris, o feminino "Ella de Almeida Prado". De Londres, e em assuntos mais relevantes, assinava com o próprio nome. Fazia questão. Além da coluna da atrevida "Aurore Jordan" – estivesse onde estivesse –, presença obrigatória em todos os números da revista mensal.

De volta a São Paulo e morando no apartamento que lhe fora passado por José Nogueira, jovem jornalista português radicado em São Paulo, e que até então dividira com Bivar a editoria da revista, Nogueira deixara o posto e o Brasil para ser motorista de táxi em Nova York, e da experiência escrever um romance. Para substituí-lo foi contratada como coeditora Marli Gonçalves, jornalista formada e com anos de *Estadão* no currículo. No expediente da revista, Marli passa a ser creditada "Jornalista Responsável". Como editores, primeiro aparece Bivar, seguido de Marli.

Como dupla de editores, os dois se esbaldam na criatividade. A maioria das ideias partia do manancial trazido de fora por Bivar, mas Marli entrava na dele e extrapolava no genuíno entusiasmo. Bonita, Marli era algo espevitada, mas assaz simpática e hipereficiente. Bivar gostava de Marli porque ela lhe lembrava Elsie, uma prima de segundo grau, dele muito amiga na longínqua infância.

3

A diretora de redação era Joyce Pascowitch, proprietária da revista, ela e o irmão José. Ambos muito jovens. José aparecia de vez em quando, ocupado que estava com o The Gallery, a casa noturna melhor frequentada de São Paulo. José Pascowitch, além de diretor financeiro, era um dos quatro sócios. Nos primeiros tempos era do The Gallery que vinha o sustento da revista. Com os anos a revista se desligaria do clube, alçando voo próprio. Durou dez anos. Bivar foi o primeiro a entrar, com José Nogueira, e o último a sair, quando a revista foi vendida para uma subsidiária da editora Abril, que, por não dar conta de manter aquela vanguarda toda, encerraria as atividades dois números depois.

Ao longo dos dez anos de duração da revista, editores entravam e saíam, e só Bivar, por preguiça de sair, continuava. A essa altura já fazia sua parte em casa mesmo, já num endereço mais central, uma quitinete em Santa Cecília. Gostava de escrever suas várias matérias mensais à vontade. De preferência, descalço. Ia à revista apenas uma ou duas vezes ao mês, para a reunião de pauta. Ou quando, como diretor artístico das páginas de moda, ia com Ugo Romiti, seu amigo e fotógrafo, trabalhar na rua. Os modelos eram geralmente amigos, músicos e atores, todos com o dom natural da pose. Os cenários, para as fotos de moda, Bivar escolhia seguindo a tendência neorromântica pós-moderna. Podia ser a Floricultura do Arouche, a Livraria Francesa na rua Barão de Itapetininga, ou o tradicional Bar Brahma, com sua decadente orquestra de tango, na esquina das avenidas São João e Ipiranga. Nesses lugares, os modelos vestiam as roupas das grifes dos anunciantes da revista, ou dos novos e talentosos figurinistas que despontavam na cena. Com Ugo de fotógrafo, todos saíam elegantes e engraçados. Até melhores que modelos profissionais. Julinho Barroso e Alice Pink Punk, da banda Gang 90 & Absurdettes, May East e Kid Vinil, Paulo Villaça e a negra baiana Lia Tição foram alguns dos modelos do editorial de moda dessa fase da revista.

4

Talvez não percebessem que, apesar de mais idade, Bivar era, de todos, o mais criança. Depois da saída de Fernanda Pacheco da Direção de Arte – Fernanda vendera um [Aldo] Bonadei da coleção do falecido pai e fora passar meio ano se reciclando em Nova York, onde as coisas aconteciam, com Andy Warhol e todo aquele pessoal. Em seu lugar, como diagramador, entrou o galante Fernando Santa Rosa. Sua diagramação era para ser curtida, não para ser entendida.

Durante a década que a revista durou, diretores de arte e diagramadores entravam e saiam, jovens aprendizes de Guto Lacaz e Rafic Farah, os designers que criaram o *look* definitivo da revista. A direção de arte era realmente artística; embora longe do vulgar das capas mais poderosas, a *Gallery-Around* fazia vista nas melhores bancas e causava inveja às outras publicações, que não tinham ideia de onde pudesse vir tanta inventividade. Como editor, Bivar tinha a livre aprovação dos proprietários, que enxergavam longe, mas cujas rédeas não deixavam tão soltas. E já que não queriam gastar, que se usasse nas capas, para impactar nas bancas, numa época em que nada impactava nas bancas, a bagagem visual que Bivar trouxera da Arcádia inglesa: lindos cartões postais comprados na loja *vintage* da Old Compton Street e na livraria do Institute of Contemporary Arts, livros de recortar e vestir bonecos, como o da Carmen Miranda, e o nostálgico clássico de uma Kim Novak toda em lilás; ou Terence Stamp de esporte-chique numa canoa a boiar em piscina. Tudo era pós-moderno como declaração de audácia e bom gosto no aceno do que estava por vir com o mutante espírito da época. Na abertura a ditadura capengava. E a *Gallery-Around*, desde as capas, abria suas páginas ao imprevisível, e, por empatia e afinidade, conquistava para seu rol de colaboradores uma jovem legião das várias áreas criativas de São Paulo em 1982.

A nova geração de estilistas despontando, como Gloria Coelho, Reinaldo Lourenço, Clô Orozco, Aninha, Lita Mortari e outros, todos realmente talentosos, alunos aplicados quando Madame Marie Rucki, do Studio Berçot de Paris, de onde saíram tantos gênios que estavam ditando moda lá fora, vinha a São Paulo ministrar seus ensinamentos e permutar ideias. Todos, inclusive o genial transformista Patricio Bisso, tiravam o chapéu em reverência à francesa. E Marie Rucki a todos surpreendia quando, depois da temporada de aulas, levava de volta à sua Paris, rolos e rolos da tradicional chita da rua 25 de Março. Para Madame Rucki a nossa chita era o que havia de mais chique.

5

Foi o número pós-moderno da revista e a festa para promovê-lo. Joyce era uma menina aprendiz de jovens feiticeiros e deixava ferver o caldeirão dos bruxos. Só para ver aonde as coisas iam dar. Saborosa, a sopa sempre era. Como dona da revista e diretora de redação, melhor escola de jornalismo não havia que se assemelhasse à de sua própria redação.

Bivar e Marli, os editores, deram a alma para que o resultado desse número, e dessa festa, fosse histórico e marcasse época. São Paulo ainda meio que adormecia no leito chocho da década passada. O país, em 1982, como que mancava ao som do trotar dos puros-sangues da cavalariça do general Figueiredo. Mas os ligados na nesga da abertura ansiavam pôr em prática no mapa local o que imaginavam saber da voga mundial. Da arquitetura *new wave* às artes aplicáveis, modas e escritos, pós-modernismo era o último grito.

Pós-modernismo, o próprio termo explicitava, era estar além do modernismo de 1922 e o que dele derivava, até, digamos, então. O "pós", no caso, outra coisa não era que a apropriação de tudo o que viera antes do próprio modernismo, selecionar da abundância o mais interessante e usá-lo em novas composições, de preferência passando por cima do que até então vinha vigorando, como a arquitetura de Brasília. O pós-modernismo sentia-se livre para recorrer e fazer uso de tudo que fosse do agrado dos pós-modernistas, como por exemplo meter a Vitória de Samotrácia no cenário de Las Vegas.

São Paulo, embora repleto de pós-modernistas, ainda não tivera uma festa que fizesse jus ao bordão. O The Gallery era o privê pós-moderno por excelência, e sua *house organ*, a *Gallery-Around*, acreditava-se a revista que melhor expressava a nova visão. A *Gallery-Around* era o farol que clareava o horizonte para o surgido na curvatura das ondas e no roncar dos tambores e cuícas da exigida tomada de atitude. Vistosas e coloridas eram as bandeiras do novo, ainda que, entre as descoladas, o pretinho teimasse em continuar básico.

O número pós-moderno da revista trazia na capa a imagem de uma *Time Out* inglesa do ano anterior, com uma linda foto do Elvis no seu auge, sorrindo, e com um dos dentes, à la Johnny Rotten, pintado de preto pelo diretor de arte. *Punk*. Um show de audácia, essa capa. Ideia do editor Bivar, com aprovação da jornalista responsável, Marli, e de Joyce. No miolo, artigos de especialistas explicando o pós-modernismo, o editorial de moda indo fundo no tema, colagem de fotos dos *socialites* que estiveram no salão Zimbabwe em Santana no lançamento do primeiro vinil *punk* "Grito suburbano", e o manifesto de Clemente Tadeu Nascimento, texto que Clemente metralhara no teclado da Lettera 32 no *squat* da rua Barão de Capanema, onde uma ala pós-modernista costumava se reunir para ideias e projetos revolucionários. O manifesto *punk* de Clemente entraria para a história como o mais brilhante do anarquismo pós-adolescente. Mas, para dar um diversificado toque de classe, a revista, nesse número, também inseria matéria sobre a garotada rica de colégios classe A.

Revista pronta, organizou-se a primeira festa a levar, quiçá no Brasil, o nome de Festa Pós-moderna. Já que pós-moderna, e sendo Bivar um dos curadores do evento, mas também produto da contracultura de duas décadas atrás, a intenção era um evento *punk*, mas também no espírito *hippie* de paz e amor, no qual pudessem confraternizar com a alta sociedade habituada ao clube, a classe média ávida por estar na onda, os rebeldes de décadas passadas, os *poseurs* da hora e, lógico, os anunciantes da revista. *Le tout* São Paulo foi convidado.

No palco, os shows contariam com três tendências: a *avant-garde* retrô do genial Patricio Bisso, a banda *new wave* Verminose, do Kid Vinil, e os Inocentes, banda *punk* que no *look* era a mais completa tradução do movimento que mais assustava a cidade. O novo cineasta Fernando Meirelles, da Olhar Eletrônico, há pouco realizara *Garotos do subúrbio*, um média-metragem sobre a banda Inocentes.

O único pedido da direção do The Gallery foi que banda *punk*, sim, mas *punks* na plateia de maneira alguma. Ouriçados com o prospecto de banda *punk*, ícone do arrepiado movimento, tocar no lugar onde Madame Sukarno, Bianca Jagger, o herdeiro do trono britânico, políticos e militares do alto escalão, bandidos, além de Pelé e Terezinha Sodré, gente que já tinha marcado ou continuava marcando presença, presenças devidamente registradas no carnê fotográfico ocupante das últimas páginas da revista, uma legião *punk* implorava de Bivar convites à tamanha boca-livre. Generoso e compreensivo, e crente que resultaria num evento de confronto, sim, mas também de civilizado convívio entre classes tão diversas, desde a classe exploradora à classe que se considerava explorada, Bivar conseguiu passar uns 25 convites aos *punks*.

Para antes e depois das apresentações artísticas no palco, para gáudio dos ouvintes da plateia, Bivar, ele mesmo, cuidou da trilha sonora, com fitas K7 representativas de tudo que fosse pós-moderno, mas também muito agradável na sonoridade à paquera no *lounge*. Roxy Music, mas também Isaura Garcia.

Tudo dava a impressão de ir bem, no boca-livre da coisa, das bebidas à água mineral, dos salgadinhos aos canapés, e para os descolados, caviar Beluga e Veuve Clicquot, quando, alguém, da ala que ainda curtia os ensinamentos de Timothy Leary, ofereceu ao Bivar um ácido (lisérgico). Bom que se diga, que nessa fase, o lado Wilde de Bivar ainda resistia a tudo, menos a esse tipo de tentação. Expôs a língua aceitando a oferta. Assim que o ácido fez efeito a festa virou aquilo que em décadas passadas chamavam de "*bad trip*". Antes, nas apresentações de Bisso e Kid Vinil, as performances correram ao fino, como se esperou, mas na tomada do palco pelos Inocentes, a novidade fez o gargarejo aglutinar ao pé do palco, desde a brigada *punk* presente até figuras da proa do colunismo mundano, que ainda tinha como representante mor o venerado Tavares de Miranda.

Não fora essa a intenção, mas acabou que foi uma bofetada simbólica e uma cusparada real, do guitarrista Callegari, na força de seus 20 anos, na cara da burguesia, assim como os impropérios vociferados pelos *punks* presentes na plateia e, do palco, a furibunda Meire, viva voz das garotas *punk*, irascível no seu despacho contra as injustiças sociais.

Estabeleceu-se o caos, o horror, o deus nos acuda geral. José Victor Oliva, um dos gentis proprietários do clube, além de diretor social, levou Bivar a um canto e disse, sereno, mas direto: "Bivar, até admiro a pobreza, mas o que não aguento é pobreza de espírito", isso por causa de *punks* mais exaltados na plateia achando que reunião *punk* tinha que ter "treta" (neologismo surgido no vernáculo do movimento e logo caído em domínio público). Da cabine, o DJ acabara de desligar o som da banda *punk* ainda no palco, no exato momento em que chegava a polícia, e também César Cals, Ministro de Minas e Energia, que chegado de Brasília e estando em São Paulo não podia deixar de dar uma passada pelo The Gallery. O ministro chegou com seguranças coincidindo com a entrada da polícia. A festa continuou, mas não para os *punks*, pela milícia postos na rua. Nos dias seguintes não se falou em outra coisa. Intelectuais que estiveram na festa assuntavam a validade do evento. Muitos até consideraram os *punks* os novos existencialistas.

6

Depois da noite que começara interessante e terminara com a blitz da polícia, Joyce, a mais abalada, em estado de choque ficou de cama no dia seguinte. Ainda transtornada, nas duas semanas após a festa pós-moderna, mostrou-se mais que nunca firme no controle das rédeas na redação da *Gallery-Around*. A palavra *punk* ficou proibida de sair na publicação. As lindas garotas-contatos, as que mais ganhavam dinheiro com a revista, moças bem-nascidas na alta sociedade e que faziam sucesso com os anunciantes nas crescentes páginas de publicidade, foram explícitas ao deixar claro que seus clientes até cogitavam não mais anunciar na publicação.

Foi, por assim dizer, uma chuveirada de água fria. Para Bivar, e sua própria surpresa, se não foi de todo perdoado, foi perdoado o bastante para continuar como editor. Passado um tempo saiu Marli e entrou Paula Dip como editora-chefe. Rica, de fina educação, ótimo currículo de jornalista ascendente, Paula, com o aval da diretora, mudou, e sem dúvida para melhor, não só os textos, mas sobretudo o visual da revista, que rumou mais para a trilha da *Vogue* que para os, até então, fanzines da Galeria do Rock. Para o novo rumo, Paula Dip convocou como colaboradores jornalistas de escol e diletantes talentosos na nova escrita, entre eles o elegante Luiz Sergio Toledo, que aliás já colaborava desde o início no *magazine*, com seus textos refinados e coruscantes de humor e perceptibilidade. Não demorou e outra conhecida despontando na nova tropa da elite jornalística, a *mui* jovem Lilian Pacce, antenada com o que de *dernier cri* rolava lá fora, tendo lido o livro que já era best-seller na lista do *New York Times,* livro que radicalizava mudança comportamental e objetiva, o movimento *Yuppie,* que apontava para *o nouveau richisme* de uma nova direita saída das universidades americanas e decidida a tomar o poder entre os formadores de opinião, e ter da vida seu melhor, mais moderno e mais caro. *Yuppie* não escondia sua política de direita, ainda que achasse a política em si (a tradicional, ao menos) perda de tempo. Lilian Pacce editou o espírito *yuppie,* e a revista publicou seu texto, passando aos leitores o que era, como era, e qual o prospecto da atitude *yuppie.* E a *Gallery-Around,* ainda que no mesmo formato original – um pouco como a *Interview* americana – glamurizou-se nas capas, no papel, e nas fotos, contando para isso com os melhores fotógrafos da safra em alta função, de Vania Toledo a Bob Wolfenson, mas não deixando, vez em quando, de convocar o respeitável decano David Drew Zingg. De Nova York, como nosso correspondente, José Nogueira enviava artigo ricamente ilustrado sobre como amarrar o tênis no estilo *yuppie.*

7

Como foi dito, Bivar voltara do edênico desterro europeu devidamente municiado para cumprir sua parte na missão de fazer São Paulo encarar o novo tempo. Com a década de 1980 já avançando no segundo ano, Bivar teve a ideia e imediatamente tratou de pô-la em prática; com a entusiasmada participação de Antonio Carlos Callegari, guitarrista dos Inocentes, e sua namorada Meire Martins, ambos na flor dos 20 anos, e escolhido como mascote do projeto o Mingau, baixista dos Ratos de Porão, no buço de seus 15 anos, esse quarteto, com o entusiasmo na manga, tomou o ônibus rumo ao recém-inaugurado Sesc Pompeia. Nesse fantástico centro de lazer e cultura o quarteto foi recebido por Fábio Malavoglia e Estanislau Salles, os jovens diretores adjuntos. Sem projeto em papel, o quarteto expôs verbalmente a ideia: realizar ali o primeiro grande festival *punk*, "O começo do fim do mundo", título dado por Callegari. A ideia foi instantaneamente aprovada pelos diretores do Sesc Pompeia.

O festival aconteceu nos dias 27 e 28 de novembro de 1982, sábado e domingo. O evento contou, no palco, com a atuação de vinte bandas *punk*, e a presença em massa de todo o movimento *punk* da Grande São Paulo. Além da brigada *punk* correram ao festival a grande imprensa, estudantes simpatizantes e curiosos em geral.

O festival, por sua originalidade, causou o impacto e as tretas esperadas, virou notícia mundial e entrou para os anais não só do movimento *punk*, mas da própria história da cidade. Impressionante sua força.

A dimensão da coisa fora abrasiva e abrangente até para dona Lina Bo Bardi, a arquiteta do belo local que em tempos de antanho fora uma fábrica com número de operários semelhante ao dos *punks* no festival. A atmosfera em si mantinha o espírito da realidade das classes desprivilegiadas. Dona Lina, a seu modo, participou da festa, mandando cobrir com rotunda preta a propaganda malufista no fundo do palco ao ar livre onde se apresentaram as bandas e seu som de protesto estridente.

Meses passados do festival, cumprida a principal etapa da missão à qual fora incumbido – e também de ter feito o registro por escrito no livro *O que é Punk*, da série Primeiros Passos, da editora Brasiliense –, acreditava Bivar, por energia superior, ser hora de partir para outra.

Dos *punks*, muitos passaram das festas pobres de salões e porões periféricos, da Galeria do Rock e do Largo São Bento, para as casas noturnas jovens, abertas à diversidade tribal, que a olhos perceptivos tomava de assalto o parque industrial. O Lira Paulistana, em Pinheiros; o Madame Satã e o Carbono 14 no Bixiga; o Rose Bombon na adjacência das ruas Hadock Lobo e Oscar Freire; o Radar Tantã, na Barra Funda; e o Napalm, na rua Marquês de Itu, próximo à famigerada Boca do Luxo, recintos da juventude de extrações variadas, locais aos quais, pelo *status* adquirido como *punks* modelos, ainda que sem grana, tinham livre acesso, e do acesso souberam tirar partido. Todos paravam para sentir a atitude e ouvir o brilhante vernáculo *punk*. E bancavam a bebida e a droga.

Viver era se jogar na vida; mas da divina decadência, Bivar já tivera o bastante nos primórdios da década anterior. Deixava para que a gozasse agora as novas ninfas e os novos centauros. Experiência era passar pela coisa, tchau e bênção; vício era continuar na mesmice. Mesmo porque, criado na roça e fiel à formação caipira, não era nem nunca fora do feitio de Bivar frequentar vida noturna. Fora sempre de, como se dizia, dormir com as galinhas e acordar com o canto do galo.

Fechou o *squat* nos Jardins e trocou de moradia com Ugo Romiti. Passou o grande apartamento na rua Barão de Capanema para o amigo em troca do estúdio que Ugo ocupara no simpático prédio de seis andares arquitetado por Carlos Ekman (Estocolmo, 1866 - Santos, 1940) na rua Dona Veridiana de frente para os fundos da Santa Casa.

8

Foi um dia qualquer no final da década de 1970 quando Bivar se assustou ao ser parado na calçada da rua Maria Antônia por um rapaz alto e loiro, conhecido de vista por caminhar sempre apressado e a passos largos. Enfático, o moço disse gostar muito do teatro de Bivar, e depois de propor escreverem juntos uma peça, despediu-se deixando Bivar ali plantado, perplexo. Depois desse encontro fugaz não mais se falaram, embora trocassem rápidos acenos e desvios de olhares, ao se cruzarem na calçada. Alguns anos depois, no estúdio de uma artista sua conhecida, qual não foi a surpresa de Bivar ao ver irromper intempestivo sala adentro, o próprio rapaz, alto, loiro e nervoso, deslocando ar e brandindo orgulhoso o exemplar de seu livro de poesias acabado de sair do forno, em edição por ele bancada. Um poeta! Celso Luiz Paulini fora, com Roberto Piva, Rodrigo de Haro e Lindolfo Bell, em São Paulo na virada da década de 1950 para a de 1960, um dos formadores do grupo de poetas Novíssimos, que deu muita poesia e o que falar. Naquele tempo, também envolvido com teatro, Celso estivera ligado à fundação do Teatro Oficina. Mas depois de uma bolsa de estudos em Roma, no meio da década de 1970, abandonara tudo, menos a poesia. Celso tinha como sustento o emprego de professor secundário da Rede Estadual. Lecionava no Colégio Marina Cintra, na rua da Consolação. Em alguns anos ia se aposentar e aposentado dedicaria sua criatividade ao teatro. Estava com várias peças escritas. E novamente propôs ao Bivar escreverem uma peça a quatro mãos. Bivar não se entusiasmou. Celso pensava unir o estilo espontâneo-absurdo de Bivar, que obtivera reconhecimento da crítica, problemas com a censura federal, e muitos prêmios importantes, com o seu (Celso) estilo dramatúrgico requintado de sutis crueldades. A ideia de Celso era escreverem uma comédia alucinada e alucinante. Quanto a isso Bivar não sentia a firmeza necessária, pois como autor já tinha ido longe o bastante na loucura e sentia-se como que satisfeito. Mas deixou a ideia em aberto. E assim se passaram mais três anos, quando Bivar, já tendo cumprido sua missão com os *punks*, todos no mínimo vinte anos mais jovens que ele, e continuando seu trabalho na revista da Joyce, cuja equipe também era uns quinze anos mais moça, achou-se pronto para escrever a peça com Celso, que além de dez anos mais velho, era professor, portanto, mais adulto e sábio que todos. Ultimamente Bivar vinha sentindo o incômodo de ter se rendido, praticamente até então, à cultura importada. Não que dela não gostasse, gostava. É que dela já tivera o bastante e agora estava precisando aprender mais do Brasil. Celso, desde quando propusera a aventura – e da recusa temporária de Bivar – esquecera-se da ideia de escreverem a tal peça. Mas agora quem dela se lembrava era Bivar. Assim, uma noite conversando animadamente com os *punks* na calçada ao lado de fora do Napalm, Bivar avistou Celso caminhando a passos largos na calçada oposta. Se aos outros ensinou, com Celso aprenderia, pensou Bivar. Correu até ele e falou: "Celso, topo escrever a peça com você, desde que seja uma peça sobre a História do Brasil".

Agora foi Celso quem se pôs assustado. Disse que seria uma peça muito chata. Mas Bivar esclareceu: "Não sei nada sobre a

História do Brasil, e você, como professor, deve saber muito. Sempre detestei História e no ginasial fui seguidamente reprovado nessa matéria. Mas agora, depois de anos alienado, acho que será uma experiência no mínimo divertida. Ao escrevermos a peça, você entra com a História e eu com a carpintaria, e juntos, nós dois, com o resto".

Ambos de natureza prática, dados a nenhuma perda de tempo, Celso, depois de relutar cinco minutos acabou topando e combinaram começar o trabalho imediatamente, na noite seguinte, no apartamento do poeta, que acabara de se mudar da rua Maria Antônia para a rua Frei Caneca. Era julho de 1983.

9

Municiados de tudo que conseguiram emprestado, livros e enciclopédias ilustradas sobre a História do Brasil – muitos livros prazerosamente fornecidos por Malu Hurt, amiga e vizinha de Bivar, e outro tanto providenciado pelas entusiasmadas amigas de Celso, entre elas a generosa Vani Rezende – os dos dramaturgos, no apartamento do primeiro, praticamente eliminaram de seus cotidianos toda a superficialidade da vida mundana, para a total entrega à composição da peça sobre a História do Brasil.

O apartamento de Celso era ainda mais espartano que o de Bivar. Nem vitrola, nem televisão e rádio havia para atrapalhar. Celso nem dormia no quarto, dormia na sala, numa cama de solteiro. A sala era também destituída de poltronas e sofá. Apenas uma grande mesa forrada de livros, e duas cadeiras de assento rijo.

A peça, decidiu a dupla, não seria apenas uma seleção e interpretação de fatos históricos significativos, mas também uma visão do desenvolvimento cultural e artístico brasileiro. Também animou os autores a certeza de que o trabalho seria inédito, original e de profunda empatia popular.

A trama começava em Lisboa no pré-descobrimento e chegaria à partida da Força Expedicionária Brasileira para a Itália, em 1944. Os autores decidiram parar por ali, porque de 1945 até a década de 1980 (a década em que trabalharam), em termos de dramaturgia, o assunto já fora demais explorado.

Trabalhavam diariamente das seis da tarde até as onze da noite, inclusive nos finais de semana. Quando davam por fim a jornada do dia, saiam para uma esticada de pernas até o café Fran's na calçada do Edifício Itália na esquina das avenidas São Luís e Ipiranga. Bivar estava com 44 anos e Celso com 54.

Bivar propôs e Celso topou que na dramaturgia da epopeia usassem todas as escolas de teatro, desde Gil Vicente (que Celso conhecia bem) ao Teatro do Absurdo (que Bivar conhecia melhor), passando pela escola intimista de dois personagens, quando essa economia o enredo pedisse, assim como os três planos de Nelson Rodrigues, que conheciam bastante, como fãs confessos de nosso maior dramaturgo. E Bivar exigiu não desprezarem o filão do Teatro de Revista (ao qual Bivar fora sempre tentado) e quando fosse preciso, para quebrar alguma possível rigidez monótona de continuidade, entrasse um samba rasgado tipo enredo de escola de samba (Bivar conhecia muitos, de cor e salteado, por ter assistido vários carnavais no Rio, no Sambódromo da Marquês de Sapucaí).

Já que épica, a peça seria escrita para elenco de 21 atores, que desempenhariam no rodízio de entradas e saídas, e nas dobradas de papéis, cerca de 500 personagens, principais e secundários, todos importantes no novelo da História. Dos personagens, a maioria existiu, mas também os fictícios, para trazer a História mais próxima à realidade.

Para o lado fictício da peça, esta deveria se passar num lugar e data estabelecidos, sendo que quando fosse preciso voltar ao tempo presente, no caso, 1943, o lugar seria a sala de aula em um colégio feminino da elite paulistana. O Sion ou o Des Oiseaux, onde uma professora, a irascível dona Iracema, de forte inclinação anarquista, ministra suas aulas para cinco adolescentes ricas, de mista extração racial, descendentes de imigrantes – europeus, árabes, asiáticos, africanos –, com a autóctone miscigenada. Raças que contribuíram para a formação do Estado de São Paulo e do Brasil.

A sala de aula aparece primeiro na Cena Cinco, depois de a História em si já ter dado o ar da graça. As aulas, com o necessário didatismo, mas também com muito de comédia, acontecem no colégio, mas, quando preciso, apelando para a escola aristotélica de ensino peripatético, viajavam aos locais aonde rolaram os episódios. Nessas incursões, professora e alunas contracenavam com personagens históricos, em atrevida e coerente licença teatral.

Celso estipulou um ano para escreverem a peça, pois não tinha muito tempo a perder – não escondia estar ansioso mesmo era para ter encenadas suas peças, que já iam ganhando fama de ótimas, no meio teatral; mas a afinidade entre os dois dramaturgos era tamanha, que o ato diário de dar forma ao texto já era, em si, de grande efeito teatral. Resultava no melhor de tudo.

Nisso, Bivar encontra casualmente uma amiga com a qual convivera em Londres em 1970-71; na época, ela muito jovem e recém-fugida de São Paulo para Londres com o namorado, numa linda versão *hippie* chique de Romeu e Julieta. Teodora Arantes (bisneta de Altino Arantes, que fora presidente do Estado de São Paulo), cujo pai era o atual gerente da Usina Junqueira, cuja sede maravilhosa era a Fazenda São Geraldo, à margem paulista do Rio Grande, coincidentemente o lugar onde Bivar passara a feliz infância e parte da adolescência, e que ficava próximo à cidade de Igarapava, onde fora reprovado dois anos na primeira série ginasial. Pois bem. Agora em 1983, Teodora estava casada com o diretor teatral Antunes Filho. O casal ia passar um fim de semana prolongado na Fazenda São

Geraldo, e Teodora, depois de ouvir, encantada, Bivar contar de sua infância no lugar, o convidou a ir com ela e Antunes. De grande valia foi essa viagem: hospedaram-se no mesmo solar cujos primeiros habitantes foram seu avô italiano, Fioravanti Battistetti, o administrador da fazenda, e família. Nessa casa casaram filhos e nasceram netos – entre eles Maria Guilhermina, a Mané, irmã de Bivar; a estadia foi um presente não só de Teodora, mas também dos deuses do teatro e também da infância, pois revisitava o lugar aonde fora extremamente feliz e onde, ainda nos primeiros passos começara a brincar de faz de conta, ou seja, brincar de teatro. E ainda passar uns dias convivendo com o grande diretor era um privilégio. Não fazia três anos que Bivar assistira, no Lyric Theatre, em Londres, a internacionalmente bem-sucedida montagem de *Macunaíma*, da obra modernista de Mario de Andrade. A crítica teatral inglesa fora unânime nos elogios à encenação. Os críticos escreveram que Londres nunca assistira a uma montagem tão espetacularmente original e moderna quanto a de Antunes Filho.

E agora, nos dias na Fazenda São Geraldo, no intervalo do mergulho na leitura de *Canaã*, de Graça Aranha, Antunes, atento ao entusiasmo de Bivar e ao seu trabalho com Celso, foi categórico: "Você e Paulini (como Celso era, pelo sobrenome, chamado na classe teatral) levarão mais que um ano para escrever essa peça".

De fato, levaram nove anos. E só não dez ou mais porque, em 1992, enquanto passava uns dias com familiares em Jaú, Celso morreu vítima de infarto fulminante.

10

Os três anos seguintes foram de muita intensidade. Para deles escrever, como quem estala os dedos, volto à primeira pessoa. Enquanto meu livro *Verdes vales do fim do mundo* estava no prelo, Rita Lee – desde 1973, quando fui condutor de seu primeiro show em carreira solo, desligada dos Mutantes, e que, sempre que a ocasião favorecia, fraternalmente me convocava a algum trabalho –, convidou-me para ser diretor de seu show no primeiro festival chamado *Rock in Rio*. Mesmo sabendo que não teria muito o que fazer, de mãos para o céu, aceitei o convite. Rita considerava-me o irmão que, por sangue, não tinha. Minha função fraterna seria dar-lhe a segurança de uma companhia ajuizada.

Além do simpático cachê pago pela gravadora, a Som Livre, a delícia de outra vez me hospedar, com Rita e Roberto, no Copacabana Palace. Dos brasileiros que iam se apresentar no festival, a maioria era do Rio mesmo, e tinham lá suas moradias. Rita e Roberto eram os únicos músicos brasileiros *de fora*, de São Paulo, os únicos a conviver, no célebre hotel, com as estrelas internacionais nele hospedadas. Parte da invasão internacional ficava no Copa, e a outra parte no Rio Palace, no outro extremo da avenida Atlântica.

Chegamos dias antes do festival. E o Copa foi um festival em si. O convívio em salas, elevadores, restaurantes e na pérgola, com Queen, Iron Maiden, Whitesnake, B-52's, ao menos para mim, era um luxo só. No Rio Palace sabíamos que se hospedavam Rod Stewart, James Taylor, Yes, Nina Hagen, e outros, que agora não me lembro. Lá a gente nem ia, porque nosso QG no Copa já estava ótimo.

O gerente do Copa, que logo ficou nosso amigo, nos contou que Rod Stewart era *persona non grata* no Copa desde quando, anos antes, nele se hospedou, e em fúria apoteótica por conta da cocaína aos rodos quase botara abaixo a suíte presidencial, concorrida por ter sido morada atemporal de reis, rainhas, e nem fazia tempo, os príncipes Charles de Windsor e Diana Spencer, recém-casados e dando prosseguimento à lua-de-mel. De modo que dessa vez nem ao Freddie Mercury foi dada a suíte presidencial, cabendo ao Queen máximo a suíte mor do Anexo. O guitarrista Brian May, mulher, filhos e babás se deram por satisfeitos com suítes de frente para o mar de Copacabana. Os outros dois do grupo, também.

Se houve equívoco na apresentação de Rita Lee nesse primeiro *Rock in Rio* foi ter sido, a toque de caixa, imposta por sua gravadora a se apresentar no festival. Rita, afinal, era considerada a "Rainha do Rock" do Brasil. Pelo fato de Rita e Roberto estarem sem banda própria naquele momento, a Som Livre convocou Lincoln Olivetti, o maestro dos teclados, e músicos por ele arregimentados, para fazer fundo. Nos ensaios, o ego de Olivetti nos pareceu maior que o talento que ele indubitavelmente tinha, mas nada a ver com o espírito de Rita. Mesmo coisa apressada, a hora era aquela e vacilo, nem pensar. Nos rápidos ensaios, egos e animosidade entraram em batalha quase titânica, e foi o que foi.

Para o show, ainda bem que Rita, no visual, contava com o brilhante Tadashi, o estilista japonês que já vinha com ela trabalhando. Mesmo assim, o resultado da apresentação foi, para Rita uma tragédia. Na sua autobiografia, publicada em 2016 (*Uma autobiografia*, Globo Livros), que mais de ano esteve na lista dos livros mais vendidos no país, Rita, em meras vinte e uma linhas, conta o que para ela foi sua participação naquilo que bem chamou de "Roquenrriu". Aqui nove linhas do texto de Rita: "Não via com bons olhos aquele auê que rolava em torno de um festival de rock metido a Woodstock tupiniquim com trinta anos de atraso. Estava na cara que os artistas gringos levariam o melhor no cachê, som, luz, camarins, horários de ensaios e apresentações. Como esperado, o show foi péssimo, mas o que mais me arrasou mesmo foi o roubo de *Carmen*, minha guitarra Telecaster Vintage. Sim, eu devia ter seguido a luzinha vermelha me dizendo para ficar longe daquele evento. Esta é da série 'se arrependimento matasse' *premium size*".

Rita deixou o palco aos prantos, mas eu, que estive num canto assistindo sua performance, sinceramente não entendi a razão por ela ter se portado como *drama queen*: achei o show lindo e Rita, maravilhosa.

De volta a São Paulo, dias depois aconteceu na Livraria Cultura minha primeira noite de autógrafos como escritor. Amigos, parentes e seguidores fiéis compareceram. De Lauretta, a bela da Martinica, à estrela Maria Zilda, e Amaury Júnior cobrindo, em seu primeiro programa na tevê. Anos depois Amaury dirá que fui o "pé quente" de sua largada televisiva. E meu primeiro livro autobiográfico, *Verdes vales do fim do mundo*, escrito com paixão pós-adolescente em 1971 e só publicado quinze anos depois (pela editora L&PM) foi bem recebido. E não tinha porque não o ser. Chegou ao oitavo lugar dos mais vendidos em 1985, ganhando anos depois mais duas edições, e até hoje, 2018, no catálogo dos ainda procurados da editora.

Nem bem deu tempo de degustar a emoção de ser lido e reconhecido como [ótimo] escritor, e lá fui novamente chamado pela generosa amiga a viajar com ela e Roberto a outro festival, desta feita no Chile, em Viña del Mar. E agora com uma banda de acordo, formada por roqueiros paulistanos.

Radicalmente oposto ao primeiro *Rock in Rio*, o festival de Viña em 1985 já era evento tradicional e misturava uma diversidade de estilos musicais que ia do *folk* ao rock, passando por ritmos caribenhos, latino-americanos, europeus e africanos, numa divertida e saborosa salada sonora, com torcida organizada e tudo, bem ao gosto de nossa curtição eclética. Eram, ainda, tempos da ditadura Pinochet, mas essa passou longe de nossa estadia no agradável Hotel O'Higgins, voltado não para o Atlântico, mas para o Pacífico. Foi uma semana musical, mas também turística e culturalmente bastante proveitosa, e que mudaria meu foco, por exemplo, na descoberta da *cumbia* colombiana, ritmo que só conhecia de ouvir falar, e que finalmente conheci, nas festas que rolaram no hotel e em apartamentos da simpática cidade de veraneio e jogatina.

Para as tietes adolescentes, no festival desse ano, a estrela maior era o adolescente mexicano Luis Miguel. Soubemos que no Chile, em termos de coqueluche mirim, os Menudos eram esnobados e toda a facção púbere estava fanatizada pelo garoto prodígio mexicano. Nas apresentações na Concha, o público, em sua maioria, era de garotas histéricas vaiando todos os outros artistas e exigindo, depressa, mais uma apresentação do Miguelito. Na noite anterior, a *cumbianera* colombiana Noemi fora vaiada, desde sua anunciada entrada no palco até sua quase expulsão do mesmo antes do fim de seu show. Na manhã seguinte, em toda a imprensa, Noemi desabafava: *"Fuéron los quaranta y cinco minutos más interminables de mi vida"*.

Lemos o desabafo de Noemi, e Rita, espertíssima, ensaiou uma tirada para sua apresentação. E no mais perfeito portunhol, conquistou as desavoradas tietes do mexicano, ao gritar:

"*Yo soy la madre de Luis Miguel*". Foi ovacionada. E com sua verve histriônica, lindamente produzida por Tadashi no visual, inclusive na alta peruca, Rita abafou, e no encerramento foi outorgada com a estatueta Antorcha de Ouro, como o melhor show do festival.

Passado o agito dos dois primeiros meses, o ano seguiu dentro do trivial simples de sempre, e eu a defender o pão de cada dia como um dos editores da *Around*. Desse meu trabalho, apesar do encolhido salário até que eu me divertia, escrevendo sempre a coluna da doidivanas Aurore Jordan, um dos chamarizes mensais da revista, e o outro tanto de matérias cujos assuntos me eram dados a total liberdade de escolha. Eu continuava, por assim dizer, sendo a alma da publicação. Mas meu entusiasmo, mesmo, estava voltado para a continuação da aventura de escrever com Celso Luiz Paulini a peça teatral sobre a História do Brasil, que nessa altura já ganhara vários cadernos, e cuja cronologia já dera cabo do Brasil Colônia estando agora nos percalços do Brasil Império.

E a vida ia nesse pé, quando uma importante agência de viagens, conhecendo meus textos de jornalista hedonista da *Around*, me presenteou com uma viagem de sonho, um cruzeiro marítimo pelo mar do Caribe num fabuloso navio norueguês. Eu teria cabine de luxo e mordomias de primeira classe, para depois escrever na revista matéria induzindo pessoas devidamente abonadas a seguir minhas dicas e embarcar nas próximas viagens do navio, não só pelas águas caribenhas, mas pelos mares do mundo.

Nesses cruzeiros o passageiro deve levar guarda-roupa completo, desde o traje de gala para sentar-se à mesa do capitão à, se lembrar, roupa para festa à fantasia. Fui posto numa mesa com quatro americanas da classe média. Duas senhoras de São Francisco e duas (mãe e filha) de New Jersey. Todas sequiosas dos prazeres prometidos (extra) folder. A filha, feia, recém-divorciada (a mãe depois me contou), destituída de atrativos, dava impressão de ser bastante carente. Tudo isso porque fora largada pelo marido. Mas a mãe logo arranjou para a filha precisada, com a ajuda do chefe dos garçons, um belo mancebo da Ilha da Madeira. O moço era desses que se convencionou chamar de "um deus", ou, "gato". Depois, na parada já em Ocho Rios, na Jamaica, nossa segunda ilha do cruzeiro, João Dias, o louro português da Madeira, sendo eu do navio o único brasileiro, portanto, dos passageiros, o único a falar sua língua, me pegou de conversa e falou mais que eu. Contou que fazia parte da tripulação e estava ficando com a Laureen, a divorciada filha de Marie Drummond. Esqueci de perguntar qual sua função, como tripulante. Sem que eu lhe perguntasse, João Dias se abriu, contou que muitas passageiras, solitárias, carentes, ou mesmo simples aventureiras, fornecem aos rapazes tripulantes o número de suas cabines na hora em que, livres das festividades, estarão disponíveis. Tudo sob códigos, João Dias explicou. E eu entendi, embora meu incurável lado moralista ficasse chocado com a revelação. Porque se aquilo era uma espécie de amor, também não deixava de ser *business*.

Eu mesmo pressentira, numa noite de plenilúnio, o navio a navegar entre Gran Cayman e Jamaica, estar sutilmente sendo assediado por Marie Drummond. Eu segurava um livro, *De volta a Brideshead*, do Evelyn Waugh, meu romance de viagem. Marie aproximou-se e perguntou, em inglês: "*Is that book any good?*". E conversamos. Estávamos no deque superior. Marie, de cotovelos apoiados na balaustrada, rosto sereno, olhos voltados para a lua cheia, confessou estar ali, feliz, porque deixara Laureen, a filha, sozinha na cabine, esperando a chegada do namorado, que era o João Dias da Madeira. Laureen merecia, "*poor girl*", disse; abandonada pelo marido lá em New Jersey e precisada de afeto. Entendi. Ela mesmo era bem casada, só fazendo esse cruzeiro para acompanhar a filha carecida. Daí Marie perguntou se eu era casado. Influenciado pelo livro que lia, respondi, espirituoso, que estava bem casado comigo mesmo, e que a outra parte não admitia adultério. Marie sorriu, o bonito rosto de uma Liz Taylor maturada, e disse, despedindo-se com um beijo gentil, *"Well, let's call it a night"*. E se foi. Muito distinta. Combinara com a filha aviso na porta se já podia entrar.

Das paradas em ilhas e curtições, também gostei de Cozumel, na península de Yucatán, no caribe mexicano. A água, de um azul-piscina como igual não vira, nos mares do mundo onde mergulhara. Água tão límpida que dava para enxergar 40m de profundidade (segundo o folder). Milhares de peixinhos de mil formas e cores não se intimidando com as máscaras dos mergulhadores, brincavam conosco, como se fôssemos também peixes, aos quais já estavam acostumados. Daí um jovem americano, parecido com Christopher Reeve, o ator de *Superman*, maravilhado com tamanha perfeição da natureza, expansivo, bateu no peito, estirou os braços e, para que todo o universo ouvisse, gritou, em inglês: "Jamais vi coisa mais fantástica em toda minha vida!".

E assim foram os sete dias, o cruzeiro saindo de Miami e a Miami voltando. No mesmo dia comprei passagem barata da American Airlines até Nova York. Só que, por ser barata, constava de uma escala de dia e meio no Missouri. De modo que fui parar em Saint Louis. Já quase sem dinheiro, pedi ao taxista que me levasse ao hotel mais barato no centro da cidade. E ele me deixou à entrada de uma linda espelunca do século XIX, que segundo ele, fora residência de Mark Twain, por coincidência um dos meus escritores favoritos. E o nome do hotel era Mark Twain. Lindo e decadente prédio de três andares, típico de meados daquele século. Depois de pago adiantado a pernoite tomei o elevador pantográfico ao meu andar. O quarto e o banheiro sem luz, e no que deu para enxergar com a janela aberta e a luz do sol, vi que as toalhas e roupa de cama não tinham sido trocadas desde que usadas pelo hóspede anterior. Reclamei ao recepcionista, mas o cara disse que não tinha outro quarto e nem outras roupas. Por ser um dia, resolvi ficar ali mesmo.

Tarde toda pela frente, e eu em Saint Louis, não podia deixar de passear de barco no Mississipi. Por coincidência o nome do barco era Huckleberry Finn, um dos personagens de Mark Twain, no qual também me espelhava. Depois do passeio de barco, já mais pro fim da tarde, pouco antes de cair o véu da noite, pude, aos prantos cantarolar *"I hate to see when the sun goes down..."*, como se Louis Armstrong em dupla comigo soprasse seu trompete. Na manhã seguinte voaria à Nova York.

11

Minha natureza não é *blasée*. Mas bastou eu pôr, pela segunda vez, os pés em Manhattan, para me sentir novamente blasé. Porque será? Vai saber. Acho que é porque todo mundo acha Nova York o máximo, e eu nunca acho o máximo o que todo mundo acha o máximo. Deve ser coisa do meu incorrigível lado esnobe. Minha primeira vez na cidade foi em 1970, quando passei os dois últimos meses do ano hospedado no lendário Hotel Chelsea. E agora, em setembro de 1985, tão na penúria quando daquela vez, decidi passar duas semanas na cidade e, sem deslumbramentos, aproveitar tudo o que de cultura a antiga New Amsterdam tinha para oferecer aos meus parcos dólares. Do mesmo modo que, daquela vez, Jorge Mautner me hospedou de graça na rua 23, quem agora me acolhia, em seu apartamento na 36 East, entre a Madison e a Quinta avenida, era o amigo Agostinho de Carvalho.

Auggie (como é intimamente tratado) mal ocupa o apartamento; é mordomo-chefe da mansão do casal Samuel I. Newhouse, e é mais lá que vive, com um espaço que sua posição de confiança merece.

Uma ricaça paulistana certa vez me disse que para se sentir rei em Nova York é preciso ser milionário como Donald Trump, cuja feia Trump Tower é, em 1985, *the talk of the town*. Nem com essa torre me deslumbrei. Sou mesmo um esnobe pé de chinelo. Ser milionário em Nova York nunca foi meu sonho de felicidade.

Meu amigo é bem descolado. Recebe convite para todas as aberturas. Ele mesmo quase não vai, de modo que nesta minha temporada, com os convites e *free tickets* que Auggie me passa, quem está indo sou eu. Fui a alguns eventos. Ao novo clube, o Palladium, cuja novidade é o banheiro unissex. Fui à festa na qual David Lee Roth lançou seu novo clipe, "Just a Gigolo"; mil balões coloridos e dez garotas de biquíni realçando o número do *pop star* no palco em perfeita sincronia na dublagem e no telão. Boy George e Sonia Braga estavam lá. A brasileira é o assunto do momento, a mais falada, por causa da exuberância capilar, sua aparente fogosidade latina, e na tela do cinema em *O beijo da mulher aranha*, o filme da hora, de Hector Babenco.

Num dos dias Auggie me levou para conhecer a mansão inteira de Samuel I. Newhouse, dono da Condé Nast e da Random House. O casal Newhouse estava em Milão, de modo que, mordomo-chefe a casa era toda de Auggie. Mr. Newhouse tem a maior coleção de arte dos americanos famosos: Frank Stella, Warhol, Rothko, Lichtenstein, De Kooning etc. É tanto que ele até deu umas telas extras para Auggie, que as pendurou no seu apartamento, onde me hospedo.

Eu não gostaria nada de viver na mansão dos Newhouse. Muita riqueza me oprime. E no que oprime, me deprime. Mesmo com o enorme e solitário carvalho no apertado pátio interno, e a confortável sala de cinema, com telona e vinte lugares para convidados assistirem filmes antes de serem lançados nos cinemas para o grande público.

O quarto do casal Newhouse me encantou mais. Enorme, é bem verdade, mas sem ostentação. Em cada cabeceira da cama do casal um criado-mudo e, sobre eles, provas de livros da Random House ainda em fase de revisão. Auggie me presenteou com o *print* de uma grossa biografia de Dorothy Parker. Os Newhouse não sentirão falta, disse Auggie. Manhattan é assim mesmo. Ao mesmo tempo que parece inacessível, repentinamente joga na tua mão um presentão.

E livrarias, fachadas de cinema, a Broadway – fui ver o musical *Big River*. Baseado no livro de Mark Twain sobre a viagem de balsa, de Huckleberry Finn e seu amigo negro, Jim, escravo fugido, Mississipi abaixo. Já que a opção era assistir ao menos um musical, porque os dólares estavam acabando, paguei o preço para assisti-lo num bom lugar na plateia. Muito bonitas as músicas, as danças, o cenário, os efeitos de última geração e tudo mais. Achei bonito, mas esperava mais. O livro ainda é melhor.

Num dos dias seguintes fui visitar um amigo com o qual convivera no Rio de Janeiro, nas décadas de 1960 e 1970. Em Nova York, Poty de Oliveira mora num apartamento no East Side. Esnobe, sofisticado, intransigente, Poty é muito engraçado. Culto, ainda no Rio lera toda obra de Proust e de Balzac; Poty é também profundo conhecedor de cinema. No Rio, era um dos cobras da Cinemateca, e em Nova York é requisitadíssimo por seus conhecimentos – ele e Fabiano Canosa, também há muito habitante da cidade, mas em viagem ao exterior, nesta minha passagem. Ninguém que eu conheça sabe mais sobre cinema que esses dois.

Sempre engraçado, até de mau humor, Poty disse que só não se mata por causa da Minette, sua gata, que todas as manhãs o desperta lambendo-lhe os olhos. Uma amiga brasileira de Poty, a Maria Eulália, telefonou do Brasil pedindo-lhe o favor de hospedar por uns dias o jovem guitarrista de uma das bandas cariocas da nova safra pop. Poty o hospedou, mas o curto convívio não deu liga. O músico ficava o tempo todo tentando se acertar com a Fender que acabara de comprar. O ruído era insuportável. "A Minette quase fugiu", disse Poty, "irritadíssima".

Poty também escreve peças teatrais e teve algumas encenadas *off-off* Broadway. Ele até me levou para ver uma, num teatrinho no Brooklyn. O ator principal (não guardei o nome) fora um dos famosos *superstars* de Andy Warhol, antes deste, em 1968, ter levado os tiros da Valerie Solanas. Desde então Andy quer mais é distância dessa gente.

Por falar em Andy Warhol, nesta estadia tive uma experiência que posso chamar de única: não era nem abertura nem encerramento de uma exposição, mas o desmonte da *mui* difundida mostra das lambrecadas pintadas a quatro mãos por Warhol e Basquiat. Aconteceu assim: Auggie e eu caminhávamos pelo Soho e passamos pela galeria. Auggie conhecia um dos rapazes do desmonte, a ele me apresentou e fomos convidados a entrar e dar uma olhada nas telas antes que fossem viradas contra parede.

Na quinta-feira, 12 de setembro, Auggie me levou ao rico apartamento de Benita Lume, miss Europa duas décadas atrás, casada com banqueiro carioca. Apartamento no célebre Dakota, voltado para o Central Park. Benita (o marido longe) recebia, com vodka e cocaína, um grupo de modernos hedonistas, moças descoladas e rapazes alegres. O assunto era sobre a epidemia de AIDS. O amante latino de Benita falecera do mal. A preocupação agora era com uma amiga do grupo, que estava em cana numa divisão da Rikers Island, por ter sido autuada portando três quilos de coca. Gente fina me pareceu realmente outra coisa.

Na sexta-feira saí sozinho a perambular. Com muito pouco para gastar, entrei nos Brooks Brothers e comprei um suéter azul marinho, desses que duram muito. E passando pelo Theatre Museum resolvi entrar. No pequeno museu, vazio de gente, entre vestidos usados por Greta Garbo, Tallulah Bankhead, Vivien Leigh, Marilyn, Jane Fonda etc., quem não avisto?! Reconheci-o pelas costas, pelo chapéu com uma aba pendida. De pé, Quentin Crisp, concentrado, assistia a um vídeo com a Katharine Hepburn. Se ídolos eu tinha nessa época, Quentin Crisp era um deles. Acompanhava-o fazia tempo. Há quatro anos o vira pela primeira vez ao vivo, em Londres, na manhã de autógrafo de seu segundo livro autobiográfico, "*How to become a virgin*".

Não resisti e exclamei: "Quentin!". Ele voltou-se. Sob o chapéu reconheci as mechas grisalhas tintadas de suave lilás. Impecável. No pescoço o lenço preso com broche. Mestre no viver com estilo, este inglês de quase 77 anos é cultuado por antenados de todas as idades e mais ainda pelos *queers* da nova geração. Apresentei-me e sentindo firmeza perguntei se ele me daria uma entrevista qualquer dia. Simpático, receptivo, acostumado a esse tipo de abordagem, Quentin respondeu que sim, para eu telefonar para marcarmos o dia. Disse que seu número estava na lista telefônica de Nova York.

E assim se passaram vários dias dessas minhas duas semanas em Nova York. Num banco do Central Park alguém deixou o *New York Post*. Na primeira página li que no dia seguinte, 18 de setembro, Greta Garbo estaria completando 80 anos. O jornal dava seu endereço, rua 58 leste. Caminhei até lá, só para passar em frente ao seu edifício e imaginá-la lá em cima, "*all alone*", como ela mesmo sempre disse que preferia. Eu também estava *all alone* e tranquilo. *God bless* Greta Garbo.

Numa das manhãs fui ao Metropolitan Museum of Art ver a *big* exposição da Índia, com toda a riqueza que deslumbra americanos: a enorme esmeralda de 217 quilates, os tesouros dos marajás, palanquins cravejados, pérolas, rubis e diamantes bordados em pele de veado; e seda, tapeçaria, períodos mil, tanta coisa que pela abundância até enjoa. E por sua importância na história, não poderia faltar a portuguesa, a casta Catarina de Bragança, que em 1661, ao se casar com o devasso Charles II da Inglaterra, deu a ele, como parte do dote matrimonial, a Bombaim inteira, que até então fora possessão portuguesa.

E telefonei para Quentin Crisp. Gentilíssimo, perguntou se eu queria a entrevista em algum lugar escolhido por mim ou no seu quarto. Claro que preferi entrevistá-lo no seu lendário quarto. O encontro merece um capítulo.

12

Já muito de meu conhecimento eram as histórias sobre os dois quartos de Quentin Crisp. O quarto em Londres, e o de Nova York, para onde se mudou há quatro anos. A seguir vai um pouco do que dele eu lera antes e depois desse encontro.

Em Londres, Quentin Crisp viveu 38 anos num quarto no bairro de Chelsea. Era muito comum em Londres esse tipo de moradia boêmia ou contingencial, em prédios vitorianos transformados em *bed sitting rooms* de aluguel barato. Eu mesmo, em antigas temporadas, morei em alguns. Nesses prédios de cômodos, banheiro comunitário em cada andar, alguns com cozinha coletiva, o entrar e sair era comum. Depois da Segunda Guerra, histórias passadas nesses quartos renderam peças, romances e filmes, tornando moda o movimento dos jovens intelectuais que ficaram conhecidos como *Angry Young Men* (jovens zangados). Movimentos e modas vêm e passam, mas a vida nos *bed sitting rooms* continuou até a virada da década de 1970 para 1980, com a tomada de poder da direita radical pela primeira ministra Margaret Thatcher que, aliada ao republicano Ronald Reagan nos *States*, causou a brusca mudança na economia e vertiginoso aumento nos aluguéis, inclusive os desses quartos. Mas os espertos sempre dão jeito, e no *boom punk* surgiram os *squats*, com a tomada de prédios desativados. Quando os *tories* (Direita radical) com Mrs. Thatcher no comando assumiram as rédeas do poder, a outra Inglaterra revoltou-se em marchas de protesto pelo direito ao trabalho – desemprego como até então o Reino Unido não vivera –, a greve dos mineiros, a Campanha pelo Desarmamento Nuclear, tumultos, incêndios, o consumo de drogas (heroína, cocaína) inclusive nas altas rodas, o casamento do século (Charles e Diana), e a retomada do *punk* com o *Punk's Not Dead*, onda que alastrou-se mundo afora, inclusive em São Paulo. Mas volto ao Quentin Crisp.

Em suas lendárias entrevistas ou artigos que escrevia sobre estilo de vida, matérias publicadas tanto no juvenil *New Musical Express* quanto na grande imprensa e em revistas elitistas, como a *Harpers & Queen* e a *Tatler*, Quentin, tendo já atingido o *status* de mestre em estilo, dando dicas de como perder o mínimo possível de tempo com picuinhas domésticas. Segundo Quentin, por experiência vivida, a poeira, depois de quatro anos se assenta e não dá mais trabalho. O melhor a fazer é esquecer a poeira que ela esquece você.

Seu endereço em Nova York, na 46 East da 3rd Street, no Lower East Side, fica em frente ao quartel general dos *Hell's Angels* na calçada oposta. Por sua dignidade, ainda que no visual excêntrico, Quentin Crisp é respeitado pelos rudes anjos do inferno.

Telefonei-lhe do telefone público da esquina. Da janela ele me viu e lá de cima, num toque de botão abriu a porta do prédio. Atravesso a rua. É um pequeno edifício sem elevador. Para chegar ao seu quarto, no terceiro piso, são três lances de escada. Fosse a entrevista fora de casa, ele certamente teria se produzido, mas por ser no seu quarto, e eu dito que não levava fotógrafo, ele me recebeu sem o costumeiro chapéu de aba pendida, os cabelos descuidados de quem acaba de acordar, e sem a costumeira maquiagem, parte de seu estilo. Quentin apontou-me a poltrona para eu sentar, e deitado na cama com travesseiro alto me pôs à vontade para conversarmos. Eu sabia, de leituras prévias, que, para aberturas e eventos, aos quais é convidado inclusive da lista A, Quentin leva duas horas se produzindo. Sua presença rende fotos e toque de classe nas colunas mundanas.

O quarto é pequeno. Nenhuma decoração. Paredes vazias, nenhuma foto exposta, nada de porta-retratos. Cama de solteiro. Ao pé da cama um pequeno televisor preto e branco. Cama, poltrona e um banquinho (com o mínimo de utensílios práticos) são os únicos móveis. Num dos cantos uma montanha de livros. Livros de sua autoria, que leva para vender em suas palestras pelos Estados Unidos, Canadá e Inglaterra. E livros de outros autores, que jornais como o *New York Times* e revistas enviam para ele resenhar; ou originais que editoras lhe mandam solicitando sua opinião para a quarta capa. Os livros pagos pelo trabalho ele põe em cima. Os não pagos, ele deixa embaixo, para quando não tem coisa melhor a fazer, coisa rara em sua ininterrupta atividade social.

Na banqueta ao lado da pia, o pequeno fogareiro elétrico no qual frita ovos e salsicha, quando não sai convidado a comer ou a se alimentar por conta própria nalguma lanchonete próxima. Na parede acima da pia um espelho para se barbear e maquiar. A pia também é pequena. Uma torneira. O centro da pia onde corre a água é branco, as laterais encardidas. Na banqueta, além do material de maquiagem, também a chaleira elétrica para o chá, uma garrafa de uísque Ballantine's pela metade e uma única caneca de louça. No lado oposto um armário de acordo com o quarto, onde guarda mala, sapato, roupa e acessórios. Não tendo muito que perguntar, meio que já sabendo tudo que ele responderia, conversamos de coisas irrelevantes. Do que ele responderia, transcrevo de outras fontes.

É possível ser pobre com estilo? Quentin responde: "É. Na verdade é mais fácil ter estilo na mais abjeta pobreza do que em circunstâncias menos marginalizadas. Porque, uma vez que você começa a subir a ladeira econômica, há uma tendência natural em concentrar-se mais na ladeira e menos no estilo, e assim definir as pessoas em termos de acima ou abaixo de você. Isso é a antítese de estilo".

O primeiro volume de sua autobiografia, *The naked civil servant*, publicado em 1968, aos 60 anos, virou filme de sucesso com John Hurt no papel (*A vida nua*, no Brasil). Excelente, muito exibido e reprisado na televisão em países de língua inglesa, o filme abriu as portas para o reconhecimento, a glória e o interesse público por sua personalidade original e única. Antes da fama internacional, Quentin, desde muito jovem trabalhou para editoras como desenhista de capa de livros, escreveu e publicou um volume sobre estilo, um romance, mas o resultado desses trabalhos foi insatisfatório em todos os sentidos. Mas graças à sua lenda viva nos meios boêmios londrinos, sempre algum anjo providencial lhe arranjou o parco meio de sobrevivência. O mais constante, aí já pago pelo governo, foi o trabalho como modelo nu em escolas de arte, donde o título do primeiro volume de sua autobiografia, *O servidor civil nu*.

Antes, durante, e depois da guerra, Quentin Crisp foi modelo vivo, viajando por todo o Reino Unido posando nu para estudantes de escolas de arte. Nunca saíra da Inglaterra até o sucesso do filme o levar a Nova York, cidade que amou à primeira vista e para onde se mudou aos 73 anos, nela decidindo viver o resto da vida.

Nunca por iniciativa própria, mas sempre com a ajuda de amigos e empresários de alguma visão, Quentin Crisp foi um precursor do gênero "*stand up*", com sua performance intitulada *Uma noite com Quentin Crisp*, com casa lotada no circuito de vanguarda. Seu *"one man show"* obedece sempre a mesma fórmula. Dividido em duas partes, na primeira ele conta casos espirituosos de experiências vividas por ele e seus conhecidos, ou por famosos de todos os tempos. Uma das personagens de maior sucesso em suas histórias é a moradora de rua, por sua classe apelidada de Condessa.

Condessa morava num buraco do gás numa calçada em Fitzrovia, bairro central Londres. Num inverno rigoroso, os boêmios seus admiradores decidiram praticar uma boa ação, juntar uma grana e alugar um quarto para Condessa estar aquecida na mais inclemente das estações. Animados e armados da boa ação cristã foram lá tirar a Condessa do inóspito subsolo onde a mesma se escondia. Bateram sonoramente na tampa de ferro do buraco chamando-a à tona. Incomodada por ser abruptamente tirada do sossego, Condessa levantou a tampa, e fina, mostrou-se agradecida, mas recusando a oferta, disse: "Desculpem, mas hoje não estou recebendo". E puxou a tampa.

Admirado por artistas como Sting, que fez de Quentin a estrela do clipe de sua música "Englishman in New York", e Tom Hanks, que o conheceu na filmagem de *Philadelphia*, no qual Quentin faz uma aparição, Hanks o presenteou com um lindo relógio; e Andy Warhol, Erté, Boy George, George Melly, Penny Arcade, entre a vasta legião de fãs, e a tela com ele nu, pintada por R.B. Kitaj (1932-2007), destaque na retrospectiva do pintor em 1994 na Tate Gallery. Mas de todos os admiradores, o reconhecimento maior veio de Harold Pinter. Muito jovem e iniciando carreira teatral como ator sob outro nome, Pinter conta que começou a escrever peças teatrais inspirado em Quentin Crisp e na teatralidade dos moradores daquele prédio em Chelsea. Anos depois, Pinter, já consagrado, em consideração e respeito, cuidou para que Quentin Crisp recebesse do governo britânico uma pensão até o final da vida.

Histórias sem fim de uma vida extraordinária. Nesse nosso encontro em seu quarto novaiorquino em setembro de 1985, Quentin Crisp disse querer viver mais vinte anos antes da queda final da cortina. Capricorniano, dali três meses completaria 77 anos. Nascido no Natal de 1908, em Surrey, subúrbio de Londres, em sua autobiografia conta que seu primeiro susto e primeira aflição ao baixar na Terra foi ter nascido num lar classe média. Ao ter consciência de ser *diferente*, para evitar o pejo familiar achou conveniente deixar a casa e mudar o sobrenome para Crisp.

A partir desse encontro em seu quarto, Quentin Crisp e eu desenvolvemos uma intermitente amizade epistolar por catorze anos, até quase às vésperas de sua morte. Ele gostava de saber de meus afazeres e me contava dos seus. Em suas últimas cartas comentava minhas notícias de Guilhermina, minha mãe, nascida no mesmo ano que ele, e agora, ambos velhos, passando pelos males semelhantes da idade. Entendi que notícias de minha mãe de algum modo serviam-lhe de consolo.

Em 1992, sua atuação como a Rainha Elizabeth I, no filme *Orlando*, de Sally Potter, livremente baseado no romance de Virginia Woolf, valeu-lhe críticas mais favoráveis que as de Tilda Swinton no papel título. E Quentin me escreveu, mesmo antes do filme ser lançado, que *Orlando* era o tipo de fita que não iria assistir, mas que, apesar dos pesadíssimos e desconfortáveis trajes elisabetanos que vestiu, o pagamento pelo trabalho lhe permitia viver seis meses despreocupado com dinheiro.

Anos se passaram e Quentin viveu todos. O mundo mudara para pior, Nova York não era mais a mesma que antes tanto lhe agradara, e ele não estava interessado na eclosão do novo milênio dali a semanas. Faltava um mês e quatro dias para Quentin Crisp completar 91 anos quando, em 21 de novembro de 1999, em começo da turnê de despedida no país onde nascera, e com o qual sempre tivera um relacionamento crítico de amor e mágoa, faleceu. Inverno bravo, no salão de um hotel em Manchester – onde começaria a turnê – sentado na poltrona, os pés voltados para a lareira, Quentin calmamente expirou sem dar trabalho a ninguém.

Não era religioso, mas jamais dizia o nome de Deus em vão. A Ele sempre se referia como *"You know Who"*. Levava com estilo uma rica vida de pobre. Em Nova York – ele me escrevera – tinha uma sobrinha que cuidava das coisas para as quais ele não tinha jeito. Deu em um jornal que ao morrer tinha mais de um milhão de dólares no banco. Dava o devido valor ao dinheiro, mas passava bem sem gastá-lo. Quanto foi pela primeira vez aos Estados Unidos, por chegar maquiado e com o visual que era sua marca registrada, na passagem pela alfândega foi questionado se era homossexual. Sua resposta "negativa" foi: "Sou perfeito". Há muito tempo achava sexo um *"mistake"*. Era homo, mas não sexual.

Nos obituários o reconhecimento e as homenagens póstumas a este inglês tido por muitos como o Oscar Wilde do nosso tempo. O mais tocante dos obituários foi o escrito por Harold Pinter, no qual contou ter se tornado escritor graças à inicial inspiração crispiniana. Cinco anos depois, em 2005, Harold Pinter receberia o Prêmio Nobel de Literatura.

Depois do encontro em seu quarto em Nova York estive pessoalmente com ele uma quarta vez, desta feita em Richmond, na Inglaterra, onde Quentin se apresentava no grande teatro local. Era intervalo, mas ele não parava de trabalhar, autografando seu novo livro. Ao me reconhecer, surpreso de me ver ali, exclamou: *"Amazing!"*. Na mesa, papeizinhos, para o público interessado em escrever alguma pergunta à qual do palco, na segunda parte do show, Quentin responderia, com comentário ou, fosse o caso, conselho. Os papeizinhos eram tantos que não dava para Quentin comentar todos, de modo que ele enfiava a mão na caixa, ia tirando, desdobrando, lendo e opinando. Num dos papéis sorteados, a pergunta de um anônimo: "Devo contar aos meus pais que sou gay?", ao que, no timing perfeito, Quentin Crisp respondeu: "Não faça isso". E o teatro, praticamente lotado de entendidos, quase veio abaixo numa explosão de gargalhadas.

13

O ano de 1986 foi dos mais produtivos. Logo no começo, Bivar tratou de deixar sua mãe menos preocupada com o futuro do filho. Comprou a casinha onde Guilhermina, viúva há cinco anos, agora aos 78 anos vivia sozinha, num simpático bairro classe média, em Ribeirão Preto. Em São Paulo, além de continuar escrevendo com Celso Paulini a já comprida peça sobre a História do Brasil, Bivar, aos 47 anos, achou que estava mais do que no tempo de aprender a dirigir automóvel. Passou a tomar aulas em uma autoescola perto de casa. Foi reprovado em três exames, não por dirigir mal, mas porque exames sempre o deixavam nervoso e lhe davam *branco*. Em dezembro, no quarto exame, num botequim perto, tomou antes uma dose de Dreher e finalmente passou. Raspando, mas passou. Tirou carta de habilitação, a qual engavetaria por quatro anos. Era de seu feitio não ter pressa. Tempo viria para ter seu carro. Além do que, estava muito ocupado com outras coisas.

O ano já ia lá pelo meio e Bivar já quase terminando de escrever a peça encomendada por Maria Della Costa, para a atriz fazer sua gloriosa volta ao palco no ano seguinte, quando a Rádio 89 FM, estabelecida como a "Rádio Rock" convidou Rita Lee para fazer um programa semanal. Rita chamou Bivar e, mais uma vez, a união foi perfeita. Rita conta em sua autobiografia: "Os geniais textos de Bivar davam pano para botar minhas manguinhas de fora, e completávamos com uma seleção de músicas totalmente fora das paradas de sucesso" – e dos clichês do próprio *rock*, que certamente fora o intuito da emissora ao convidar aquela que era tida como Rainha do Rock. O programa *Rádioamador* (título dado por Rita) era de um anarquismo jamais ouvido em frequência modulada. Bivar, que no teatro tivera algumas das maiores atrizes brasileiras atuando em suas peças, encontrou em Rita a atriz de sua vida. Rita era genial nas mínimas nuances. O programa era mais que *punk*, era anarquismo em sua forma mais depurada. Além das intervenções de personagens da própria Rita, o mais constante no programa era a palestrante *Lita Ree*, que ministrava longas palestras sobre assuntos que ela mesma, professora, não entendia direito, mas que ao assumi-los como se de seu próprio conhecimento [pseudo] acadêmico, acabava por convencer os ouvintes e ela própria. Cada programa tinha um tema, e Lita Ree como professora deliciosamente aloprada, dava aulas culturais sobre anarquismo, existencialismo, iluminismo, dadaísmo, surrealismo etc. fosse qual fosse o tema escolhido por Bivar. O tema do dia era ilustrado com trilha sonora de acordo, geralmente imprevisível, com pérolas sonoras prazerosamente fornecidas por amigos, como Antonio Albuquerque e Renê Ferri, da loja *vintage* Wop Bop, como a gravação de uma entrevista com Elvira Pagã e um raro compacto simples de Johnny Restivo. E de todos os lados vinham LPs riscados comprados em sebos de calçada: Maria Callas na ária do suicídio de "Lucia di Lammermoor", Miltinho com "Mulher de 30", fitas K7 do *punk* polonês, vinhetas do programa inglês do John Peel na Radio One da BBC, enfim, tudo que de outro modo não seria tocado nessa estação seriamente especializada em *rock*.

Além de Rita e Bivar, o programa tinha a mais que eficiente Suely Aguiar como produtora (Suely descolava tudo que a gente precisava) e Éverson Cândido, jovem locutor do elenco contratado da emissora e que, do quarteto, era o único radialista profissional conhecedor das manhas radiofônicas. Sem Éverson o *Radioamador* resultaria em amadorismo total. Sempre que preciso, Éverson, com sua voz cálida, espontaneamente sensual, bem-humorado e paciente, recolocava o programa nos trilhos. O programa também contava com entrevistas. Desde celebridades maiores como Hebe Camargo e Elza Soares a ícones da cena alternativa, como Clemente dos Inocentes, a transexual Claudia Wonder e Maricene Costa, talentosa compositora e cantora experimentalista.

O problema maior com as entrevistas era Rita não ter coragem de mandar os entrevistados embora. Tão felizes de estarem ali com Rita, eles iam ficando, quando o programa, que ainda tinha muita coisa a apresentar, deveria ir em frente.

Com uma hora de duração (com intervalos comerciais) ia ao ar aos sábados, às seis da tarde. Transmitido ao vivo em São Paulo, e depois, em gravação, no Rio de Janeiro e Portugal. A temporada rendeu 35 programas. Rita conta em sua autobiografia: "Foi uma das épocas mais divertidas de minha vida. Precisei parar porque a nova gravadora entendeu que o *Radioamador* atrapalharia a divulgação do futuro trabalho". E como esquecer aquele sábado, Rita abrindo o programa às seis da tarde com Dalva de Oliveira cantando "Ave Maria". O imprevisível impactava os ouvintes. Tocado um pouquinho da estrela Dalva e entrava Rita, toda pra cima, anunciando: "Seis horas da tarde, hora da Ave Maria, panela no fogo e barriga vazia!".

Felizmente, como registro para a posteridade, a produtora Suely Aguiar cuidou para que cada programa fosse gravado em fita K7 e os passou para Bivar que, tempos depois, com medo de perder o tesouro, o entregou para o amigo Samuel Salles de Oliveira, o Samuca, um dos maiores arquivistas do que é digno de arquivo, que converteu para MP3.

14

Desde o encontro com Sandro Polloni e Maria Della Costa em Londres, 1981, fiquei de escrever uma peça para a atriz. Sandro já tinha produzido e Maria atuado em peça minha, em 1968, no teatro deles. Com a peça *Abre a janela e deixa entrar o ar puro e o sol da manhã* fui premiado pela crítica teatral com o Molière de melhor autor daquele ano. Agora, quase duas décadas depois, o casal ia encenar *Alice, que delícia*, a nova peça que escrevi para a atriz. Sandro achou o texto perfeito para Maria fazer seu retorno ao palco.

O propósito da montagem, além de destinar-se ao grande público e mostrar Maria Della Costa ainda bela e grande atriz, era fazer dinheiro, mas também ganhar respeito e reconhecimento da crítica. Escolhido por Sandro, Odavlas Petti seria o diretor, e Patricio Bisso, sugerido por mim, incumbido dos cenários e figurinos. Maria, que não cantava, dublaria duas canções compostas por mim e Roberto de Carvalho para a peça. Rita Lee gravou uma delas, "Piccola Marina", em seu novo disco.

O espetáculo foi montado e ficou lindo em todos os aspectos. A peça era um conto de fadas psicossomático. No elenco, quatro atores: Ênio Gonçalves no papel do personagem que aparece nos sonhos alucinógenos da Alice do título, personagem representado pela diva. Alice é uma recatada viúva e mãe extremada de um casal de filhos, interpretados por Christine Nazareth e Renato Modesto, que também aparecem como outros personagens, nos sonhos da mãe.

A peça se passa em dois planos, o da realidade familiar cotidiana, e o do sonho, sempre que Alice ao ir dormir ingere uma poção mágica que ganhara de um xamã numa viagem ao Amazonas. Nos sonhos lisérgicos, repletos de maravilhas e conflitos, mãe tem disputas com a filha, há sugestão de incesto com o filho, e lampejos de romance com o fascinante estranho, que só aparece nos sonhos para compensar a viúva da solidão da realidade. No visual, os belíssimos cenários de Patricio Bisso. Desde o lar doce lar da personagem nas cenas lúdicas e realistas, a, em um dos sonhos, a descida do teto, de um luxuoso transatlântico *art déco*. Nos figurinos, Bisso também foi genial, criando um verdadeiro desfile de roupas, tanto nos sonhos e pesadelos espetaculares, como nos trajes da realidade cotidiana – nessa, Bisso deu uma linha tão graciosa que fazia lembrar filmes familiares americanos da década de 1940, embora a peça se passasse na época atual, 1987. Bisso sabia que o espírito era pós-moderno.

Um crítico americano, de passagem por São Paulo, assistiu a peça e escreveu que o espetáculo era "Disney com Freud". Os sonhos levavam todos à geografias distantes, desde um cruzeiro caribenho a um puteiro paraguaio. Como autor, dei-me o direito ao final feliz, onde tudo dá certo e o público sai leve do teatro.

Aos 66 anos, Sandro Polloni era, ainda, um dos maiores produtores do teatro brasileiro, tendo iniciado a carreira como ator, aos 15 anos, levado pela tia, a lendária atriz ítalo-brasileira Itália Fausta. Em sua carreira de produtor, sempre com a mulher no papel principal, Sandro encenara grandes autores internacionais, de García Lorca a Arthur Miller, assim como renomados dramaturgos brasileiros, entre eles Gianfrancesco Guarnieri e Plínio Marcos. Para diretores de suas grandes produções, contara com nomes como Flávio Rangel e Gianni Ratto, que Sandro importara da Itália e que no Brasil se estabeleceu como um dos grandes encenadores.

O entusiasmo de Sandro pela nova montagem era contagiante, mas havia entre os envolvidos certa animosidade, referente não só à escolha do elenco a contracenar com Maria, mas com o cenógrafo e figurinista. Odavlas, o diretor, queria um visual mais obviamente sexual – estava fascinado pela veia orgônica de Wilhelm Reich –, mas Bivar tinha certeza que os cenários e figurinos de Bisso melhor expressariam a magia de seu texto. A gaúcha Maria Della Costa, filha de camponeses italianos, descoberta ainda adolescente por Fernando de Barros e lançada como um dos mais belos exemplares femininos nascido em solo brasileiro, e que agora, aos 61 anos, estava certíssima em se achar não menos bela e escultural; Maria queria, na sua volta ao teatro, se exibir como tal, e ao menos em uma cena mostrar suas longas e maravilhosamente preservadas pernas. Foi esse o único detalhe nos figurinos a fugir da linha geral. Bisso criou para Maria o vestido que atriz e diretor queriam: nas costas um rabo de peixe e na frente toda a abertura para a impactante exibição das coxas da estrela. Maria arrasou.

Todos estavam ótimos em cena. O diretor José Celso Martinez Corrêa, que assistira ao espetáculo na estreia, na manhã seguinte em conversa telefônica com o poeta Roberto Piva, que ligou para Bivar para contar: "Zé Celso achou *Alice, que delícia!* o espetáculo mais moderno da temporada". Fauzi Arap também ligou pra dizer que amou. Mas no dia da récita para a crítica teatral – e estavam presentes cinco críticos para assistir e resenhar nos seus jornais e revistas –', Maria, que também tinha um forte lado sensitivo, antes de começar o espetáculo, comentou no camarim ter sentido a presença de um "pé frio" na plateia.

Por conta desse "pé frio", em cena, nervosíssima, Maria esqueceu todo o texto. Improvisou um tanto de cabeça e fez sinal para o ponto, sempre no centro da primeira fila, para falar mais alto. Na cena em que dublava a gravação de "Piccola Marina" por Rita Lee, Maria, que não sabia cantar e menos ainda se acertava na sincronicidade da dublagem, nas outras noites, como excelente comediante, tirava partido dessa falha, com ótimo efeito cômico, mas na noite dos críticos, quis dublar a sério e foi um desastre. Depois do espetáculo ela me contou quem fora o "pé frio". Segundo Maria, tratava-se da autora ressentida por ela ter escolhido para a sua volta ao palco peça minha e não dela, autora. E que essa autora, informada da noite dos críticos, correra ao teatro para *secar* o espetáculo.

Resumo da ópera: a crítica só não arrasou Maria por respeito à sua carreira e a celebração de sua volta ao palco, mas desceu a lenha em quase todo o resto, e do autor da peça, no título de sua resenha, um crítico vaticinou "Maria Della Costa merecia coisa melhor na sua volta".

Celso Paulini, com quem eu escrevia as peças da História do Brasil, e que gostava de Maria Della Costa desde que há muito a vira como Joana D'Arc em *O canto da cotovia*, e agora a assistira na minha *Alice*, ao saber da crueldade da crítica para com meu texto, o pediu para ler, leu e disse: "Bivar, o texto é muito melhor que o espetáculo". Acredito que Celso estava certo. Isso acontecia muito com as encenações de minhas peças, o texto ser melhor que o espetáculo.

Superada a terrível noite da crítica e do "pé frio", o espetáculo seguiu carreira normal, com todos se divertindo e divertindo a plateia. Maria estava contente, seus fãs compareciam em peso e o público adorava a Alice mãe e aventureira em sua temerosa, mas assumida tacada feminista. Bastava ela contar ao público que antes de dormir, sozinha, ia ingerir mais uma "dose homeopática" da poção libertária que ganhara do xamã da tribo Tapaxota. O público já sabendo que a seguir vinha mais um sonho interessante, já ria por antecipação.

Alice, que delícia! teve bom público, fez boa carreira, e com os 10% da renda bruta da bilheteria, Bivar pode, aos 48 anos, realizar o antigo desejo de construir, no mesmo terreno da casinha onde ela morava, a casa ideal para Guilhermina, sua mãe. Ele mesmo desenhou a planta, prática e graciosa, aprovada e assinada por um arquiteto conhecido da família. O sobrado estava quase pronto quando acabou o dinheiro. Faltava o telhado. Mas o dinheiro veio a seguir, com os *royalties* recebidos pela gravação de "Piccola Marina" no disco de Rita Lee, música muito executada na FM.

A casa, com poucos problemas, em quatro meses ficou de pé. A mãe, que durante a construção se hospedara na casa de uma das filhas, com a casa pronta voltou imediatamente para seu lugar. Aos 80 anos, Guilhermina não via o menor problema em continuar morando sozinha. Ali teria espaço para costurar, bordar, escrever as memórias, ir a pé a feira e ao mercadinho, cozinhar, assistir novelas, cuidar do jardim e dos passarinhos. O andar de cima do sobrado, Bivar fez para ele: um bom quarto, um estúdio para escrever e pintar, e uma varanda grande e quadrada, com ganchos para rede.

Entregue a casa à mãe, Bivar voltou para sua quitinete alugada em Santa Cecília, São Paulo. No mesmo dia Rita Lee lhe telefonou. De vez em quando Rita ligava para jogarem conversa fora, ou um papo mais sério. Rita considerava Bivar um irmão. Embora doze anos mais velho que ela, vez em quando ela, de fada madrinha, o tratava como criança desprotegida neste mundo velho de guerras. Séria, Rita disse: "Bivar, fico contente de você ter feito a casa para sua mãe lá em Ribeirão Preto, mas aqui em São Paulo, que é onde você trabalha, do que é que você precisa para a vida ser menos preocupante?".

Pego de surpresa, Bivar nem teve tempo de pensar e respondeu: "Olha, Rita, você me conhece e sabe que meu gênero é vida simples. Na vida tudo é passageiro e quanto menos tranqueira pra cuidar pra mim sempre foi melhor. Não preciso de quase nada. Mas, pensando bem, acho que um quarto e sala aqui em São Paulo, como teto básico, escritura definitiva, sem ter mais que pagar aluguel, seria um alívio".

Rita pegou o sentido e falou: "Pode deixar. Você vai conseguir, com o seu trabalho".

15

Antes de avançar com o andor, o narrador faz agora uma pausa para meditação e refresco. Como já contou algures, no seu cargo de escrevinhador para a revista *Around* da Joyce, pra que seu nome não aparecesse excessivamente, Bivar apelava para o leque de pseudônimos – ou heterônimos, como prefere Fernando Pessoa. Dos femininos, Aurore Jordan foi o *nom de plume* mais assíduo; a colunista social e cereja no topo. Para dar ao leitor um gostinho do que essa Aurore Jordan escrevia, pincei, devidamente datados, alguns trechos da coluna da moça, até o fim da revista em 1990.

No número 70, de junho de 1985, um pouco perdida, Aurore Jordan escreveu: "A revista reduziu o formato, de 26 cm x 36 cm para 19 cm x 27 cm, e minha imaginação sentiu-se um tanto comprimida. Daí, em conversa com Paula Dip, atual editora, desabafei: Paula, meu texto não sai! Não consigo imaginar meu tradicional e bem-humorado espaço assim reduzido. Conservadora que sou, me é difícil aceitar mudança tão austera. Mas daí Paula me tranquilizou dizendo que esse não era o ponto. Que apesar de reduzida no formato, a *Around* vai ter muito mais páginas e que eu, a Aurore de vocês, posso seguir relaxada, que o número de laudas da minha coluna continua o mesmo. Todo o *staff* estava animado com a transformação. Joyce, então, excitadíssima. Para ela mudança é sempre salutar.

E o lema da revista é mudar, sempre, inclusive de nome. A eficientíssima Cida de Assis, a única da equipe toda formada em jornalismo, pela USP, motivo de ser a Jornalista Responsável e redatora mor, confessou à Aurore de vocês que, para que o primeiro número no novo formato saísse em tempo a coincidir com a festa no The Gallery celebrando a mudança, ela, Cidinha, estava se virando mais que charuto em boca de bêbado. Imagino. Com a mudança e a festa, a maioria dos colaboradores, na volúpia de aparecer bem, procurou escrever textos brilhantes, com isso atrasando a entrega e sobrecarregando a pobre Cidinha na tarefa de copidescar tudo. Daí, compadecida, falei pra ela: Prometo, Cidinha querida, que no próximo número não atrasarei".

Já adaptada ao formato novo, no número seguinte Aurore Jordan até se antecipou ao *deadline*. "Gente, assisti ao *chat--show* entre Duardo Dusek e Noelza Guimarães. Noelza perguntou: 'Já que você, Dusek, gosta tanto de mulheres, posso te dar um piano branco de cauda igual ao do Roberto Carlos?'. Resposta de Dusek: 'Nossa, Noelza, com esses olhos, com essa verve e com esse charme, e ainda me oferecendo um piano branco de cauda, assim você me derruba!'. E à Tonia Carrero, que perguntou: 'Sinceramente, Dusek, brega ou chique?' E Dusek: 'Querida Tonia, você sabe muito bem o quanto nós, artistas, ocupamos uma posição privilegiada na sociedade. Ao mesmo tempo que podemos ser o mais popular possível, o mais cachaça, terra, povo, podemos também ser champã, *black tie*, elegância. A nossa verve, nossa cultura, nossa polivalência, nos permite isso. Somos artistas. E artista é, por si só, um ser que nasce democrático. E isso é lindo, não? Um beijo, darling'".

Numa coluna de 1986, Aurore escreveu: "Bivar foi ao Hotel Alvear, atrás do Largo do Paiçandu , entrevistar Aracy de

Almeida para o próximo número da *Around*, e me adiantou este furo. Araca estava de mau humor. Chegou, e encontrando Bivar esperando-a na recepção, foi logo dizendo: 'Acabo de chegar da Tamakavi. Ganhei um cupom do Silvio Santos para ir lá buscar um rádio'. E Bivar: 'Onde fica a Tamakavi?'. Aracy: 'Lá na casa do caralho'".

E esta, de fevereiro de 1987: "Agora que vai passar *Escrava Isaura* na Rússia, pra gente vai ser até melhor. Todo mundo fala da Sonia Braga. Todo mundo se curva diante do sucesso de Sonia, aliás, deslumbrante na festa do Oscar. Mas vamos falar francamente. A nossa Sarah Bernhardt não é Sonia Braga, é Lucélia Santos. Aquilo é que é brasileira, aqui e na China. A Lucélia do Fidel, do Mao, e agora do Gorbatchov, com o sucesso de *Isaura* até nas estepes, a nossa Lucélia é recebida de peito aberto pelos maiores comunistas da recente história. O sucesso mundial da *libertária* Lucélia Santos na novela de Gilberto Braga é inconteste".

Às vezes Aurore dava bandeira de enciumada, como esta nota na coluna de maio de 1989: "O casamento de José Victor Oliva com Hortência, uma das duas rainhas do basquete – a outra é Marta, que prefere continuar solteira – é o casamento do ano, segundo a imprensa. Desta São Paulo enorme, deste Brasil gigante, e deste vasto planeta, fui uma dos 3000 convidados para a cerimônia religiosa, mas também uma dos 2400 não convidados para a festa no The Gallery. Adoro José Victor, mas não conheço Hortência. Aliás, nunca fui fã do basquete".

Vez em quando Aurore Jordan também viajava em outra ficção. Como nesta coluna: "Repentinamente saturada dos excessos do chamado *Circuito Elizabeth Arden*, achei que a espiã aqui estava mais era precisada de entrar numa fria. De modo que fui parar na Islândia, no 727 da Islandair, vôo de Londres a Reykjavik. Então já viu, né? A ilha tem só 250 mil habitantes. No vôo fiz amizade com Javika, islandesa que conhece a ilha como a palma da mão. Empatia total. Javika me abriu as portas da ilha. A turma dela é ótima. Todos falam inglês, então a comunicação foi fácil. A Aurore de vocês ia ficar no Holiday Inn, mas a Javika achou que eu me sentiria mais em casa no dois estrelas Saga. Javika foi simplesmente maravilhosa. Nem vou descrever os lugares que ela me levou e nem o que rolou nesses lugares. Encheria páginas. Apesar do verão, o frio é intenso, mas Javika me arranjou um capuz que cobre toda a cabeça, ficando só os olhos de fora. Javika me arranjou até um namorado, o Erik, um verdadeiro viking. Nem voltei pro hotel Saga, fui direto pra casa dele. Calma, gente, o Erik mora com a família. Que me adorou. Um pouco mais e eles até me adotavam. Mas daí conheci o Egill e com ele passei a ficar. Egill é outro viking redivivo. Os rapazes aqui adoram cozinhar, e o Egill vai me oferecer um *guillemot* defumado de baleia grelhada. Quero só ver que prato é esse. Aqui em Reykjavik, eu, como raridade brasileira na ilha, estou sendo tão assediada pelos rapazes, que fico até meio assim".

A partir de Aurore Jordan, a original, a onda de escrever sob pseudônimos femininos na *A-Z* se expandiu. Até Cidinha de Assis, secretária de redação e nossa querida *nigrinha* (como ela mesma se dizia) às vezes escrevia como se fosse Solange Northman. Mario Mendes, que não podia aparecer com o próprio nome – era exclusivo da *Interview* – escondido do Claudio Schleder, chegou a colaborar como Nita Naldi. Eu, tinha vários outros, um deles era a Sra. Lisandro Deprê. Caio Fernando Abreu usava dois – Nadja de Lemos e Teresinha O'Connor. Daí uma noite Caio me liga para trocarmos *figurinos* sobre nossas matérias para o próximo número da *A-Z*. Eu ia escrever como Sra. Lisandro Deprê e ele como Teresinha O'Connor. Caio pediu para a Sra. Deprê, que no artigo dela contasse que a Nadja de Lemos está morando numa quitinete na Marx-Engels Platz, na Berlim Oriental, ali sobrevivendo do tráfico de drogas e *Jack Daniels*. Eu seria incapaz de pedir ao Caio (ele como Nadja ou Teresinha) para escrever que a Aurore de vocês, desacorçoada com o Brasil, está se mudando para a Islândia, para se casar com Erik, Egill, ou qualquer outro viking. Isso, Aurore mesmo contaria, despedindo-se da coluna e do Brasil. Mas antes de despedir-se ela escreveu:

"Gente, nossa como eu sou esnobe! Hoje estou muito *honni soit qui mal y pense*. Até agora não entendi porque ainda não me mudei definitivamente do Brasil. Só assisto filme estrangeiro. Só leio autores estrangeiros. Em arte, só a estrangeira. A própria História, a própria geografia, pra mim só estrangeiras. Moda, só grife de fora. Então, que é que estou fazendo aqui no Brasil? Desconfio que seja porque, mais do que gostar de tudo estrangeiro, gosto mais ainda de me sentir estrangeira na minha própria terra. Existe?!"

16

Contudo, o maior estímulo continuava sendo escrever com Celso Paulini a peça sobre a História do Brasil. Do tanto que já havíamos escrito em cinco anos, agora em 1988, com o vasto material tudo clareou e decidimos que não seria uma, mas quatro peças, divididas por períodos específicos da história: Brasil Colônia, Brasil Império, Primeira República e A Era Vargas (1930-1945).

As três primeiras peças já estavam praticamente prontas e datilografadas. E sendo São Paulo a cidade, saíamos os dois para testar o que ainda considerávamos embrionário. Em diversas reuniões lemos para Antunes Filho, Sandro e Maria Della Costa, José Celso Martinez Corrêa, Miriam Muniz, Fauzi Arap, Ilka Marinho Zanotto, Aimar Labaki, e todos com seus convidados, em saraus nas suas respectivas residências, ou em salas de fundo de teatros onde estavam em função. A receptividade ao nosso trabalho, com críticas ou sugestões que ouvíamos com prazer, só nos estimulavam a ir em frente. Como nosso trabalho era espontâneo, sem nenhuma ajuda governamental ou coisa parecida, Celso achou que deveríamos concorrer à Bolsa Vitae, muito difícil de ganhar, pois era uma das raras que, durante meses ou até mesmo um ano, garantia ao artista ganhador, certa folga financeira para ir em frente no trabalho já em andamento. A Bolsa Vitae era dada a artistas de renome, no campo de pesquisa em cinema, teatro, literatura, dança e artes plásticas. Tinha que ser em nome de uma pessoa física. Não podia ser para dois nomes, de modo que, por ser eu, dos dois, o mais conhecido, Celso decidiu que concorreríamos em meu nome.

Em 18/1/1989 o "Caderno 2" do jornal O *Estado de S. Paulo* deu matéria de página inteira. A foto maior era minha, foto em que eu apareço descascando batata e cenoura em minha quitinete. O título é "Os artistas ganhadores da Bolsa Vitae de 1989". O olho da matéria: "Entre 642 propostas, 24 foram escolhidas por cinco comissões e dividirão a verba oferecida anualmente, como estima à criação e pesquisa". E o começo da matéria: "A Fundação Lampada, sediada em Liechtenstein, pequeno país encravado na Europa ocidental, repassa o dinheiro para a Vitae. A Vitae, instituição civil sem fins lucrativos, tem como conselheiros Antonio Candido de Mello e Souza e José Mindlin".

Da comissão julgadora, a parte de teatro era com Ilka Marinho Zanotto, Ruy Fontana Lopes e Sábato Magaldi. Ficamos contentíssimos, Celso e eu, por ganharmos, em meu nome, a bolsa relativa ao teatro. Em literatura ganhou Mario Peixoto, diretor do mitológico filme *Limite*. Peixoto, já próximo de seu canto do cisne, com a bolsa podia conduzir a um final feliz O *inútil de cada um*, romance em seis volumes iniciado em 1933.

Estimulados para o avante, com nosso trabalho já delineado, com a importância e o reconhecimento da bolsa, acreditávamos que alguma boa porta se abriria para encenar ao menos uma das três peças prontas. Reconhecíamos não ser fácil, na situação financeira de sempre, montar um espetáculo que só de elenco teria que contar com 21 atores. Juntar dois atores em cena já não é fácil, imagina 21. Mas, positivistas, nossa fé era inquebrantável. E tal aconteceu a partir de um dos lendários jantares que aconteciam na residência de Maria Adelaide Amaral. A dramaturga, nesses jantares preparados com a maestria de chef de cozinha por Murilo, seu então marido, juntava clãs interessantíssimos, nomes que iam desde o editor Pedro Paulo de Sena Madureira a Beatriz Segall, passando por uma variedade de atores, diretores, autores, políticos, *socialites*, modelos e outros convidados do casal.

Num desses jantares estava lá o diretor Eduardo Tolentino, do excelente grupo Tapa. Na conversa, Tolentino topou fazermos a leitura de uma das peças, com a presença dele e seu elenco em uma tarde a combinar, no Teatro Aliança Francesa, onde o Tapa estava sediado.

Celso e eu lemos e a receptividade foi total. Dos grupos todos, era o Tapa, pela sua linha de montagens, com o qual Celso e eu tínhamos maior empatia. E foi escolhida, para encenação do grupo, a terceira das peças, *As raposas do café*, que começa com a deposição de Pedro II e o regime monárquico, e segue com a política da Primeira República, com ênfase nos salões artístico-literários no Rio da *Belle Époque*, com personagens tão vívidos como João do Rio, Olavo Bilac, Lima Barreto, Machado de Assis, e o cronista mundano Luiz Edmundo, assim como *cocottes* e *dandies*, que era o salão de Laurinda Santos Lobo, ricaça amante da cultura, e também as inovações urbanas de prefeito Pereira Passos, os sonhos do Barão do Rio Branco, dali saltando ao Modernismo paulistano e seus personagens, culminando na Semana de 1922 em São Paulo, indo até a crise de 1929, com o *crack* da bolsa em NY, resultando na despencada do café brasileiro, e a ascensão de Vargas, que perde as eleições de 1930, mas, numa revolução fulgurante, toma o poder e o Palácio do Catete.

Graças à ênfase dada ao processo Modernista, e coincidindo, em 1990, com o centenário de nascimento de seu personagem maior, Oswald de Andrade, a sorte acenou para o grupo

Tapa e os autores. No teatro não havia texto melhor que o nosso para a celebração da data, e a Secretaria de Cultura do Estado, com gerência de Fernando Morais e a assistência fraterna de Aimar Labaki, o Tapa foi agraciado com parte da necessária subvenção para pôr em palco o espetáculo.

Os ensaios de *As raposas do café* começaram no final de fevereiro de 1990 e seis meses depois, em 19 de setembro, estreava no Teatro Aliança Francesa, com receptividade de crítica e público raramente vista nas últimas temporadas.

17

Acertou em cheio o diretor carioca Aderbal Freire Filho no texto de apresentação da edição de *Enfim o paraíso*, a primeira das três peças, publicada em 1992, pela Secretaria Municipal de Cultura, Turismo e Esportes, do Rio de Janeiro. Aderbal escreveu:

"*Enfim o paraíso* é o tempo todo o verbo se fazendo teatro, é obra de dramaturgos – Celso e Bivar – que são, escrevendo, autores, diretores, atores e público. As virtudes fundamentais desta peça, e a oportunidade de seu surgimento neste momento, estão comprometidas com a natureza de um teatro que recorre à importância da dramaturgia no processo de definição de um teatro 'aberto', novo. E para provar que a defesa do teatro é também a defesa da palavra, quero destacar as muitas virtudes literárias desta peça. Como fruto de uma pesquisa a que os autores deram dez anos de suas vidas e que, processada, lhes deu três peças, Antonio Bivar e Celso Paulini montaram um circo brasileiro e universal. A largueza temporal e territorial do tema está amarrada por um humor excelente, de mestres da palavra, e pela fé no cênico. É caso claro de verbo que se faz teatro".

Dois anos antes do texto de Aderbal sobre a primeira das peças, estreou em São Paulo a terceira peça da trilogia. Durante duas semanas antes da estreia para crítica e público, o diretor realizou ensaios abertos, aos quais compareceram em massa amigos, pesquisadores, familiares dos autores, do elenco e dos envolvidos na produção. Assistiram a esses ensaios figuras importantes, desde os professores Antonio Candido e Gilda de Mello e Souza à Rita Lee. Todos se entusiasmaram com o que viram. Telmo Martino, que se divertiu, disse que se divertiria ainda mais voltando outra noite, para ver o espetáculo já pronto.

A crítica teatral, que passava por mais uma fase "azeda", de torcer o nariz para tudo que lhe vinha sendo oferecido, não teve como não se render ao resultado. Nas críticas pós-estreia, com o título irônico de As raposas do café faz boulevard didático", Nelson de Sá escreveu na Folha de S. Paulo: "Não é apenas um texto nacional, é uma aula de história brasileira". E mais adiante: "É difícil ouvir o nome de Floriano Peixoto e Graça Aranha sem se imaginar na segunda série do ginásio", mas reconhecendo: "a performance do grupo Tapa é impressionante".

Na Veja: "Uma aula para pedir bis. É essa a impressão quando os personagens dos acontecimentos relatados, com raro entusiasmo pela professora dona Iracema, começam a surgir pela sala, em carne e osso. As ginasianas, em seus uniformes comportados, pensam que será uma daquelas aulas em que é difícil controlar os bocejos. Mas essa impressão acaba quando as personagens dos acontecimentos surgem ao vivo em cena. As alunas espantadas veem desfilar o líder messiânico Antônio Conselheiro, o intelectual Ruy Barbosa, o médico Oswaldo Cruz, o escritor Euclides da Cunha... Começa assim As raposas do café. Os modernistas ocupam todo o segundo ato".

Em O Estado de S. Paulo, com o título "Requinte para uma pobre república", a crítica esclarece que a peça é "História em tom de farsa", mas reconhece: "Integração perfeita garante encanto".

No meu diário, em dias diferentes, anotei algumas presenças, suas reações durante o espetáculo e opiniões na saída. Uma noite, no número de plateia da professora Iracema, Barbara Heliodora cobriu o rosto com o programa da peça, para não ser vista pela atriz. Vi e senti que a temida crítica carioca não aprovava, achava aquilo apelo desnecessário. Mas o público vibrava, como vibrara no tempo do teatro de revista, quando a vedete descia à plateia. Sábato Magaldi, na noite que foi, com Edla van Steen, falou comigo depois da récita: "Achei o espetáculo um tanto amador". Mas era mesmo. No extremo profissionalismo, uma festa de colégio. Como não sê-lo, com aquela professora e suas alunas? Patricio Bisso foi e teceu algumas críticas (construtivas): "O penteado da professora está errado. Anos 1950 e não 1943. E algumas roupas do salão parnasiano na *Belle Époque* também erradas. Mas gostei muito".

Paulo Autran (com Karin Rodrigues) gostou muito, mas achou que o diretor devia cortar uns dez minutos. Fernanda Montenegro foi e também gostou. Lembro do Tom Zé, que assistiu duas vezes, dizer: "Fantástico como se resolveu a parte musical sem outro instrumento que a percussão! Isso me pareceu uma descoberta feliz".

Com o belíssimo cenário de J. C. Serroni, todo ele de sacas de café em estopa marrom, os figurinos de Lola Tolentino davam elegância à elite cafeeira nos tons areia, sépia e café.

E o elenco? Celso e eu construímos a peça para 21 atores, mas Tolentino conseguiu reduzir o número para 16 e uma pianista. Para fazer a liga entre entradas e saídas, cortes e saltos cênicos, Eduardo contou com o trabalho dos autores, que reescreveram cenas para as ligações, o que para nós foi outro prazer colaborar.

No elenco, a maioria desde a fundação do grupo, e alguns outros convocados. Brian Penido desempenhou desde Pedro

Augusto, o neto revoltado de Pedro II, a Ruy Barbosa, Oswaldo Cruz, Paulo de Gardênia, o melífluo poeta menor do romantismo, e Sergio Milliet, o intelectual modernista; Christiane Couto fez uma das alunas de dona Iracema, uma mundana da *Belle Époque*, e a grã-fina francesa Marinette Prado, casada com o ricaço oligarca Paulo Prado, entusiasta mecenas do modernismo; Clara Carvalho, brilhante, desde sua princesa Isabel, passando pela mais aplicada das alunas de dona Iracema, até seu travesti perfeito do poeta Blaise Cendrars em sua temporada brasileira trazido pelos modernistas; Denise Weinberg arrasava como aluna rebelde, e mais ainda como Anita Malfatti em sua revolta sobre o que dela escrevera Monteiro Lobato, chamando sua pintura de "caricatura"; Ênio Gonçalves, ator convidado, com a tranquila classe de sempre, desempenhou desde o Conde d'Eu ao Paulo Prado, encarnando também Olavo Bilac, assim como Euclides da Cunha explicando *Os sertões*; Eric Nowinski ganhou três papéis, dois deles dignos de registro: o prefeito Pereira Passos e o pintor Di Cavalcanti em fase de copiar Picasso; Ernani Moraes, com sua volúpia vital, todas as noites, antes do início do espetáculo pondo em tenência os indisciplinados colegiais da plateia, deu vida desde a um discreto Barão de Jaceguai, seguido pelo entusiasmado empreendedorismo do Barão do Rio Branco, e dominando totalmente palco e plateia como o exagerado Oswald de Andrade em sua paixão pela vida moderna; Genésio de Barros, além de convincente como Mário de Andrade, amigo e antagonista de Oswald, também muito bom como Antônio Conselheiro, assim como o afetado cronista mundano carioca Luiz Edmundo, e um toque de Visconde de Taunay; Guilherme Sant'Anna deu vida e alma a vários personagens como índio, escravo, mucama, digníssimo como Machado de Assis e ressentido como Lima Barreto. Mas o show maior de Guilherme Sant'Anna, em total melanina como Lelita

Cravo, hilária animadora de auditório modernista; Jarbas Toledo fez bem seu Menotti Del Picchia e trampolim para outros personagens, assim como Javert Monteiro seu Pedro II sendo arrancado do leito em pijamas e sua natural fleuma em ver seu reinado terminar pelo golpe militar republicano. Javert também afetou João do Rio e fez a *Anta* do Plínio Salgado; Neusa Maria Faro, também atriz convidada, interpretou com graça própria a imperatriz Tereza Cristina, a cocota Eudóxia e, elegantíssima, a entusiasta quatrocentona amante das artes, dona Olivia Guedes Penteado; Noemi Marinho, além da aluna preguiçosa castigada pela professora a ter que passar a noite lendo, inteiro, *Os sertões*, para a sabatina oral na aula seguinte, Noemi também deu charme como Laurinda Santos Lobo, a que abria sua mansão carioca em Santa Teresa para os parnasianos, para no segundo ato viver com beleza e perfeição Tarsila do Amaral, sua pintura, suas ricas temporadas parisienses, e seu romance com Oswald; discreta, Vera Regina deu conta do recado como uma das cinco alunas de dona Iracema; a outra Vera do elenco, Vera Mancini, se um tanto *over*, brilhou o tempo todo como a professora Iracema de Alencar. Ora boa e compreensiva, ora ditatorial e intransigente, muito avançada para a época em que leciona (1943), suspensa temporariamente pela inspetora, por subverter o corpo discente, mas que, por ser ótima professora, é chamada de volta ao seu posto no corpo docente; mesmo discordando com muitas atitudes da História, Vera Mancini deu ao espetáculo a mais vívida comunicabilidade palco e plateia. Mesmo trajada em sóbrio *tailleur* de professora de colégio de elite, Vera Mancini sob aquele pano sóbrio não escondia a verve de grande vedete do teatro de revista; e o grande Zecarlos Machado, absolutamente perfeito como o consciente tenente Mallet na sua missão de tirar dom Pedro do leito na noite fatídica da Proclamação da República, assim como também divertido no papel do presidente Rodrigues Alves, do poeta nefelibata Curvelo de Mendonça e, mais que brilhante na lucidez absurda de Graça Aranha; Eliane Gambini, a pianista do espetáculo, em toda a temporada, no rolar da trama mostrou-se exímia no teclado.

Não tem show que se iguale ao *show business*. É show, mas também é *business*. Celso fazia questão. Zeloso de nosso produto e das quase dez mil horas que gastamos no trabalho de criar e pôr no papel as peças, incluindo a que estava em cartaz, Celso ia, depois de fechada a bilheteria da noite, conferir o borderô com Teresa, a administradora, e ver o quanto tínhamos faturado dos nossos 10% da renda bruta pelos direitos autorais, 5% para cada um. Não era uma fortuna – o ingresso não era caro, a maioria pagava meia-entrada, mas recebíamos quantia nada desprezível nos pagamentos quinzenais; e como sócios da SBAT, que tirava a porcentagem dela, como nossa representante.

As raposas do café ficou um ano e um mês no Aliança Francesa, com intervalo para as festas de fim de ano. Celso e eu recebemos os prêmios Molière e APCA (Associação Paulista da Crítica de Arte) como Autores do Ano. Só não recebemos aquele que mais queríamos, por ser em dinheiro, o prêmio Shell. Celso tinha certeza que era porque o chefe do júri era um seu ex-colega de ginásio em Jaú, com o qual tivera uma rixa, que deixara, no julgador do prêmio, uma cicatriz mental da qual fazia a tardia arma da vingança. De modo que em vez de nos premiar, o Shell premiou um jovem autor que tivera peça encenada num teatrinho do Bexiga.

Confiantes de que receberíamos o prêmio, levei Celso à loja Giorgio Armani, na Oscar Freire, onde ele comprou traje completo – sapato, meia, cinto, camisa, terno e gravata – para a noite do resultado da premiação, no salão nobre do Hotel Hilton.

Sob o olhar vingado do chefe do júri, Celso contou com minha solidariedade. Furibundos, deixamos a festa e fomos jantar picadinho ali perto, no Jota's Hamburger.

Superada a mágoa, logo Celso mostrou ânimo para continuarmos nosso trabalho. Faltava a quarta peça da História do Brasil. Dela já tínhamos alguns rascunhos, faltava desenvolver. Mas daí, passando uns dias em Jaú, na casa do irmão, mulher e os três filhos, Celso, barbeando-se, sofreu um infarto fulminante e morreu. Em 21 de agosto de 1992, aos 63 anos. Nosso trabalho ficou inconcluso.

Quanto ao prêmio Molière, generoso nos seus melhores anos, em 1991 estava prestes a encerrar suas atividades no Brasil, amesquinhando-se. No nosso caso, como dupla premiada, a Air France só nos dava um busto em mármore do comediógrafo francês, e uma só passagem aérea a Paris, classe executiva. Resolvemos assim: Celso, que não era de viajar, dava mais valor ao busto que à passagem. No meu caso, eu já tinha meu busto do Molière como melhor autor de 1968, de modo que Celso ficou com o busto 1991 e eu com a passagem. Em vez de Paris, eu viajaria a Londres, quando chegasse o dia.

Nos anos seguintes, depois da primeira montagem de nossa peça, pelo Tapa, e já que Celso não mais estava entre nós para juntos curtirmos as várias encenações de nossos textos por escolas de São Paulo, Rio e outras cidades, nossas peças eram de grande serventia nas aulas de história, português e treino teatral. Assisti a algumas dessas encenações amadoras. Duas delas me encantaram. Foram produções, em dois anos consecutivos, levadas à cena pelos formandos do curso secundário da escola Waldorf Rudolf Steiner, em São Paulo. Ambas dirigidas por Amauri Falsetti: *As raposas do café*, em quatro noites em novembro de 1997, e, pelos formandos do ano seguinte, em setembro de 1998, pela primeira vez em cena, *Enfim o paraíso*, a primeira da trilogia, abrangendo desde a descoberta do Brasil até todo o período colonial. Dava gosto ver o cuidado nos cenários, figurinos, música e iluminação. Nas duas encenações, a atuação de trinta e poucos alunos, de ambos os sexos, todos com idade em torno dos 17 anos. Uns mais talentosos, outros lutando para lembrar o texto, todos interpretando com entusiasmo juvenil aquele tanto de personagens históricos e fictícios.

O belo teatro, inspirado na antroposofia arquitetônica de Steiner, lotado de colegas de outras séries, amigos curiosos, professores e familiares. Depois dos espetáculos gostei de conversar com alguns pais que, ao me parabenizarem pelas peças, deles sentir o orgulho pelo desempenho dos filhos.

Patricio Bisso acompanhou a representação de *Enfim o paraíso*. Com sua visão crítica a respeito de tudo, visão que merecia todo o meu respeito, Patrício aprovou e disse, depois da função: "Bivar, você e Celso escreveram as peças perfeitas para montagem escolar".

Cerca de dezesseis anos depois de escritas, graças ao Pedro Paulo de Sena Madureira, editor da Novo Século, em 2007 as três peças foram publicadas num volume, com o título *Histórias do Brasil para Teatro*. De modo que o trabalho meu e de Celso não se perdeu. Mesmo agora, em 2018, o livro pode ser encomendado na Estante Virtual.

18

Fazia tempo que Rita era assediada para estrelar um programa de TV. Dois canais e uma produtora independente a cercaram com ideias. O problema é que todos queriam o programa do jeito deles e não do jeito dela, Rita. Até que a MTV, recém-inauguranda no Brasil (em franquia com a editora Abril), ainda em canal UHF, a procurou. E Rita encarou: "Prefiro começar com quem está começando". Aí deu certo para os contratados – Rita, estrela animadora, eu de roteirista, e Suely Aguiar, eficiente factótum – o mesmo trio do radiofônico *Radioamador* há quase cinco anos. Nossa advogada Suely Burger cuidou do nosso valor. Sem regatear um centavo, no dia do contrato, na velha Abril da marginal Tietê, o acordo foi selado e o início da produção combinado.

O título do programa, *TVLeezão*, foi bolado pela própria Rita. Pelo contrato de seis meses, assinado em 20 de novembro de 1990, era para ser uma série de 25 programas, um por semana, 45 minutos cada. Mas as gravações só começariam a partir de junho do ano seguinte, até a MTV se assentar no Sumaré, na antiga sede da TV Tupi. Mas ficou combinado que Rita gravaria, antes, um extra, um aperitivo do que seria o programa, e que fosse ao mesmo tempo um especial de Natal.

Foi um teste no qual todos passaram. O diretor, Hugo Prata, 25 anos, e que dirigiria só esse piloto, de mudança que estava, para estudar na Europa, declarou à *Folha*: "Uma das minhas maiores influências na carreira foi quando, aos 20 anos ouvia o *Radioamador* de Rita e Bivar. Foi a primeira vez que entendi bem a diferença entre espontaneidade autêntica e descontração forçada".

O piloto especial mostrava Patricio Bisso em sua mesa de trabalho desenhando o vestido vermelho natalino que Rita usaria dublando Darlene Love cantando "White Christmas". Entremeados de clipes inusitados escolhidos por Bivar, clipes cortados logo no início, para Lita Ree (o personagem da Rita apresentadora) entrar, viçosa e animada, anunciar o que rolaria quando a temporada, de fato, fosse ao ar.

Ao todo, e agora com o também muito jovem Adriano Goldman como diretor, foram 13 programas em três meses, porque rolou incêndio no estúdio escolhido para ser o permanente durante a temporada. Com o incêndio, apesar do sucesso que vinha obtendo desde o início, a direção da emissora suspendeu o programa, mesmo porque estava saindo muito caro para um canal iniciante.

Cada programa tinha um tema e o cenário era montado de acordo com o tema. Era o programa mais caro da emissora, segundo Marcelo Machado, diretor de programação da MTV: "A intenção era acrescentar cultura e história ao universo pop da emissora".

O público da MTV, entre 14 e 25 anos, via Rita e seus personagens ministrando conhecimentos gerais ou não tão gerais. Nenhum programa era parecido com o outro, e a tônica era ausência de preconceitos. Os temas, palestrados e ilustrados com humor, iam desde o Dadaísmo até a cultura de seringais na Amazônia. Mas também, a toque de credibilidade, a emissora impôs que, ela mesma como Rita Lee, num dos blocos entrevistasse personalidades; Rita entrevistou Pelé, Hebe Camargo,

Wanderléa, Gilberto Gil, Tony Bellotto e Serguei, entre outros. O programa era gravado em dois dias, e levava cerca de quarenta horas na mesa de edição.

Ao escrever para Rita, nessa minha estreia de autor para televisão, tive uma excelente atriz, que além do mais era uma genuína estrela. O resultado, graças às nossas almas gêmeas, assim como a excelente jovem equipe, era uma brincadeira, sim, mas uma brincadeira levada profissionalmente a sério. Atriz nata, rápida, sintética, perfeita nos vários *timings*, Rita foi de um profissionalismo irrepreensível.

Em junho de 1991, com alguns episódios já gravados e prontos para o voo, os jornais até exageraram no espaço dado à aguardada novidade. Guardei alguns recortes como este, do *Shopping News* (9/6/1991). Entrevistada, Rita conta: "Bivar escrevendo os episódios, o trabalho de pré-produção, a equipe escolhida a dedo, toda semana leitura do roteiro com todos, para levantar figurinos, cenário...". E a repórter pergunta: "Como é trabalhar com o dramaturgo Antonio Bivar?". Rita responde: "Desde que saí dos Mutantes, o Bivar me dá uma força. Juntos fizemos *Radioamador*, em 1986. Bivar sacou meus personagens, sabe escrever para eles, assim como criou novos personagens para mim. Basta Bivar sentar na mesinha e escrever, que eu já incorporo o personagem com a maior felicidade. Por exemplo, Bivar disse: Vou bolar uma empregada da Lita Ree, a Mabel Marcondes, e quando veio o texto eu já estava com a voz da empregada".

Shopping News: "E a Adelaide Adams?".

Rita: "Adelaide Adams é da cabeça do Bivar. Bastou ele falar: 'Tô bolando uma cronista mundana pra você', pra eu ouvir o sininho repicar o sotaque carioca e a pose de uma tia do Roberto".

Os personagens:

Adelaide Adams, colunista social. Em seu programa de TV, elegantíssima, jamais usa bijuteria. Só joias. O guarda-roupa assinado por Conrado Segreto, e móveis por Jorge Elias.

Gininha (outrossim *Regina Célia*), solteirona, prognata, embora virgem não disfarça sua queda por garotos. Pouco simpática, mas ciente de ser muito engraçada. Segundo Rita, "uma nazista quatrocentona". No programa sobre os trópicos e a Tropicália, Gininha, vestida de professora da peruca ao sapato salto carretel, dá aula sobre o que acontece entre os pontos cardeais e colaterais e as linhas divisórias que se estendem até a China e voltam ao ponto de partida. Esse programa resultou num dos clássicos dos treze, e ainda hoje, três décadas depois, exibido ou pirateado, é visto como um filme completo, perfeito, moderno e atemporal.

Aníbal, único personagem masculino criado por Rita. Trabalha numa oficina mecânica, cartaz de garota pelada na parede, corintiano, quarentão, mulherengo, bigode fininho, cafajeste, tipo sambista das antigas. O *rap* que compus para Aníbal/Rita, outro clássico. Modesto ou distraído, não assinei como seu compositor.

Gungun Lucia do Amaral, criança pentelha, rejeitada por todos, com sintomas psicopáticos; meio pródiga, quatro anos incompletos, mas ligadíssima na tomada. Na época do programa estava de *crush* pelo filho adolescente do presidente em gestão, antes do impeachment.

Mabel Marcondes, empregada de "dona" Lita Ree. Mabel tem alma de perua, deslumbrada com roupas e joias, seu grande sonho é aparecer na TV, e seu maior *hobby* é ser a primeira a ler as colunas de fofocas, e no café da manhã contar os *potins* para a patroa.

Os clipes musicais, da lista dos cinco mil clipes da MTV, Bivar escolhia as pérolas das quais tinha conhecimento, mas que eram ignorados pela emissora. Os mais reveladores, surpreendentes e menos óbvios, desde antigos como Tom Jones, aos modernos como o Curiosity Killed The Cat. Lita Ree deixava passar um trecho pra dar gostinho, cortava e continuava a matraquear. Vez em quando ela deixava tocar quase inteiros, os clipes dos nossos veteranos maravilhosos, que entravam quando deles menos se esperava, mas que tinham tudo a ver com o tema do dia. Podia ser clipe da Alcione, ou do Nelson Gonçalves cantando "Fica comigo esta noite e não te arrependerás".

E as dublagens, todo programa tinha uma. Esmerada no preparo em casa, na tela as dublagens de Rita atingiam a perfeição, como no programa "Rainha por um dia", cujo roteiro Bivar baseou num esquete de Antonio Albuquerque. Nesse dia Rita interpretava a personagem de Lindoneia, uma bilheteira de cinema. Rita aproveitou o nome da personagem encerrando a historinha dublando, com a câmera focada nos lendários joelhos, Nara Leão cantando "Lindoneia". E no especial *punk*, Rita perfeitamente paginada de Johnny Rotten com Ezequiel Neves, dublou com agressiva revolta *punk* o Mauricio Tomarozzi, o primeiro vocalista da banda Inocentes, cantando "Garotos do Subúrbio".

E num dos melhores programas (era impossível dizer qual o melhor), cujo tema era o Existencialismo e suas influências, a jovem equipe culta, da direção de arte por Paulo von Poser e Vic Meirelles, o figurino, cabelo (peruca *taradinha* como era moda no pós-guerra), o cenário – uma enfumaçada cave parisiense, a equipe fazendo figuração; e a jovem iluminadora, por coincidência francesa, recita o "Je suis comme je suis" de Jacques Prévert; a cor do vídeo em atmosférico preto e branco, esse programa alcança outra perfeição. Paginada de Audrey Hepburn, Rita faz uma francesa falando português com sotaque francês. Ela conduz o tema com tudo que tem a ver com existencialismo, inclusive a inesperada incursão de uma vinheta de filme da Atlântida dos anos 1950, com Emilinha Borba cantando "Chiquita Bacana" – "existencialista, com toda razão, só faz o que manda o seu coração, oi!". Com o distanciamento *blasé* de francesa que viveu *in loco* tudo aquilo, para encerrar Rita ainda dubla Juliette Gréco. "Esse programa ainda será moderno daqui a cem anos", disse Antonio Albuquerque depois de, em 2017, ver o programa numa temporada rápida no YouTube, de onde foi logo retirado.

Outro programa inesquecível foi o todo dedicado à realeza. Estava na pauta da mídia a discussão sobre a volta do Regime Monárquico. Foi o tema perfeito para Adelaide Adams, a colunista mundana, conduzir a reportagem. E ela o fez como a mais afetada conhecedora do assunto. Com a *Point de Vue*, revista francesa dedicada à realeza internacional na mão, Adelaide conta dos reis da Dinamarca, de Hamlet à atualidade, comenta o passado recente de certas princesas sirigaitas, e com fina ironia incensa a família real brasileira, ontem e hoje. O resultado é outro clássico.

Voltando às dublagens, teve uma que a diretoria da MTV proibiu de passar, alegando que ali o ultraje passava dos limites do rigor permitido na emissora. Foi a dublagem de Rita fazendo Fafá de Belém ultra sexy cantando o Hino Nacional. Se a emissora não destruiu a gravação, a posteridade terá um tesouro.

TVLeezão ia ao ar aos sábados às 19 horas, reprisado domingo às 23 horas. Em sua autobiografia publicada em 2016, Rita conta: "Inesquecíveis momentos, prazer inenarrável, foi das coisas mais divertidas que fiz na vida. Caso um dia tenha estômago para ler, ver e ouvir algo que fiz no passado (sem querer me suicidar de constrangimento) começarei pelo TVLeezão".

Quanto a este escriba, com o pagamento de três meses como roteirista de Rita, ele conseguiu comprar um quarto e sala em

Santa Cecília. Daí me lembrei daquele telefonema de Rita há uns quatro anos, perguntando do que eu precisava para que meu dia a dia em São Paulo fosse mais leve, e lhe respondi que um quarto e sala já estava bom. E Rita, dando força e pondo fé: "Você vai conseguir, com o seu trabalho".

E não é que consegui?!

19

Depois de todos esses anos produtivos como artista atípico, uma espécie de *pau pra toda obra*, mestre em nenhuma, mas qualificado em várias, repentinamente acabou-se tudo e me senti no limbo. Em 1992 eu não estava exatamente pra baixo, mas no aguardo do que fazer a seguir. Acostumado a ser convocado para os trabalhos, os meses passavam e ninguém me convocava. Minha capacidade criativa dependia da vontade dos outros. Quando não chamado sentia-me imprestável, como que posto numa solitária e ali esquecido. Nisso, a amiga Paula Dip me convida para um jantar em sua residência. Paula tinha algo de boa samaritana. Nesse jantar, seu propósito era me apresentar a um ator achando que da apresentação poderia rolar algum projeto. O ator, simpático, e que interpretara tipos inesquecíveis em recentes novelas da Globo, fora posto na geladeira da emissora e estava desempregado. Só estivemos perto essa vez, mas ao ser-lhe apresentado ele me presenteou com um livro de autoajuda, *Anjos, mensageiros da luz*, de autora americana. Era o tipo de livro que eu normalmente não leria, mas a delicadeza do presente me tocou. Curioso em relação ao que essa caixinha de Pandora podia me revelar, abri o livro e me detive no capítulo "Conferência Angelical". Li e acreditei no que li.

A proposta da conferência era a seguinte: sozinho, você deita num lugar confortável, fecha os olhos, concentra-se e imagina seres que você admira e que já não estão entre os vivos, e, mesmo sendo de castas diferentes, você os reúne na imaginada sala da conferência angelical, para eles, os anjos escolhidos, decidirem o que podem fazer para atender tua eventual necessidade.

Nessa conferência você pode juntar quem você quiser. E os escolhidos, que antes não se conheciam, agora desencarnados e totalmente livres, soltos à disposição no plano astral, curtem o *approach* causado por você. Escolhi três anjos nos quais depositava confiança: meu pai, meu companheiro de escrita Celso Paulini, e Virginia Woolf, nessa época minha escritora favorita.

Sintonizados, eles lá em cima e eu cá em baixo, meu pedido era eu não saber do que estava precisando para avançar na jornada, eles que resolvessem isso por mim e me encaminhassem ao que achavam ser o melhor rumo.

Embora parecesse brincadeira – e de certa forma era – fiz a projeção com fé a ponto de conseguir vê-los lá em cima na sala da conferência. Virginia andava de lá pra cá e de cá pra lá, mão na testa, como que tentando descobrir o melhor pra mim. Papai, sentado, olhava para os dois. Celso, também pra lá e pra cá, de vez em quando trombava com Virginia. Numa dessas trombadas, pararam, deram uma risada e, sem palavras, decidiram o melhor pra mim, com papai atento assistindo.

No dia seguinte eu recebia um telefonema de Aimar Labaki, da Secretaria de Cultura, me convidando, com tudo pago, para participar do Festival de Teatro em Canela. Podia ficar o festival inteiro, só tinha que dar uma palestra.

Foram umas férias curtas, mas ótimas. Reencontrei colegas da classe teatral, fiz novas amizades, fumei maconha com a turma jovem no quarto de um ator carioca. Minha palestra, diferente das de Edélcio Mostaço (erudita) e de Lauro César

Muniz (séria), teve como apelo humorístico o lastro pop de meu estilo autoral. Previamente temeroso de fracassar, surpreendi-me com a ótima reação do público. A confiança no meu dom foi restaurada.

Nem bem de volta a São Paulo recebo um telefonema. Do escritório dos novos empresários da dupla sertaneja Leandro e Leonardo. Os irmãos goianos estavam no topo das paradas com "Pense em mim" e "Entre tapas e beijos", e um dos novos empresários, sugerido por minha amiga Marilda Vieira, acreditou que eu seria o diretor perfeito para dar um toque de classe à carreira da dupla. O empresário Aldo Ghetto também não desconhecia o fato de eu ter, no passado, dirigido bem-sucedidos shows de Maria Bethânia, Rita Lee, e alavancado a carreira de Simone. E lá estava eu, prestes a ser novamente empurrado à bissexta carreira de diretor de shows.

Aquilo vinha do céu, ou melhor, vinha da recente conferência angelical. Topei na hora. Fazia uns três anos que eu fazia parte da legião de fãs da dupla, legião essa, em sua maior contingência, composta de lindas e carentes garotas. Anos atrás eu até entrevistara a dupla para a *Interview*. Daí me lembrei da vez que, conversando de música com Celso, que na época ouvia Mozart de montão, como que pedindo seu conselho falei: "Celso, eu gostaria de comprar um disco do Leandro e Leonardo, mas não sei se devo". E Celso: "Bivar, música é música, vai do gosto do freguês, se está com vontade, vá na loja e compra".

Comprei. De modo que ao ser convidado a dirigir a dupla, fui conhecedor de seu repertório. Parecia que ia dar certo e eu mal acreditava na sorte. O cachê pelo trabalho de direção não era nenhuma exorbitância, mas era trabalho que faria até de graça, pela curiosidade e devoção. Além do quê, era quantia decente. Daria para, chegada a hora, me jogar ao sonhado destino, ainda desconhecido. Salto que eu nem imaginava seria já no ano seguinte, por toque de graça de Virginia Woolf. A conferência angelical ao meu favor estava a funcionar.

O novo show dos meninos já estava praticamente armado quando cheguei. O básico era pouca alteração do show anterior. Tínhamos apenas duas semanas de ensaio, tempo para a dupla se familiarizar com os novos músicos e as *backing vocals*, todos orientados por Pedro Ivo, o diretor musical. Eu, como diretor de estima, minha função era aprovar tudo e dar um toque diferenciado em certo momento do espetáculo.

Com o quê eu poderia contribuir? Em 1992 estava havendo uma desavença, tipo ciumeira, entre a MPB e os sertanejos. Estes estavam dominando o mercado, enquanto a MPB, sentindo-se ultrajada na mudança de gosto do público – MPB = bom gosto; Sertanejo = mau gosto, brega, cafona, jeca, caipira.

Então tá, pensei. O que é que posso pôr no show e mostrar que não é bem assim? Fui acudido no astral por ninguém menos que Marlene Dietrich. Lembrei que quando Marlene, em 1959, veio se apresentar no Brasil, no Copacabana Palace, no Rio, e no Municipal em São Paulo, para homenagear o público brasileiro, a música que escolheu para cantar em português foi "Luar do sertão", uma clássica sertaneja. Por excelência. Eu tinha o disco, gravado ao vivo, e levei para o diretor musical. Dei ao cenógrafo Mario Monteiro uma linda foto da Marlene com violino. O cenógrafo fez um telão medindo 6 m de altura por 13 m de largura, com o rosto de Dietrich, e a dupla teria que cantar em trio com ela, cuja gravação, digitalizada e ampliada, seria tocada de fundo. A cena seria um lindo misto de expressionismo alemão com sertanejo brasileiro, tudo na penumbra, os músicos de costa para o público, e voltados para o telão, e foco na dupla, à frente do palco cantando junto com a gravação da alemã. Antes, Leonardo dizia meu texto expli-

Maria Guilhermina (Mané) irmã de Bivar o aconselhou a não enrolar e ir diretamente ao ponto.

A divertida fase de Editor de Estilo da revista Gallery Around.

No espírito "faça você mesmo", a partir da ideia de Bivar e a participação de Antonio Carlos Callegari e de todo o movimento punk, o festival O Começo do Fim do Mundo, Sesc Pompéia, novembro de 1982.

DO MUNDO

Quentin Crisp (1908-1999).
Foto por Anton Corbijn.

Bivar e Celso Luiz Paulini em 1983 começam a escrever
as peças sobre a História do Brasil, trabalho que levará
quase dez anos.

Guilhermina Battistetti Lima, mãe de Bivar.

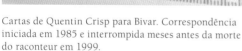

Cartas de Quentin Crisp para Bivar. Correspondência iniciada em 1985 e interrompida meses antes da morte do raconteur em 1999.

Patchwork de retalhos por Guilhermina, mãe de Bivar. Desde os treze anos, quando ganhou do pai a máquina de costura Singer, Guilhermina a usou até a morte, aos 92 anos. Tanto costurando roupas pra família quanto fazendo arte.

Auto-retrato esculpido com martelo e chave de fenda numa tampa de mesa de mármore, por Leopoldo Lima, artista e irmão mais velho de Bivar.

Maria Della Costa como a viúva Alice, batalhadora dona de casa e mãe extremada. (Vestida por Patricio Bisso.)

Pirogravura em madeira por Leopoldo Lima.

Maria Della Costa, Enio Gonçalves e Christine Nazareth em *Alice, que delícia*, de Bivar (figurinos por Patricio Bisso), 1987.

Ernani Moraes (como Oswald de Andrade), Noemi Marinho (Tarsila do Amaral) e elenco do grupo Tapa em *As raposas do café*, de Bivar e Celso Paulini. Teatro Aliança Francesa, novembro de 1990.

Rita Lee, Bivar, Sandro Polloni e Maria Della Costa. Foto por Vania Toledo, 1987.

Beatriz Segall, tanto nos jantares de Maria Adelaide Amaral quanto em sua casa, sempre uma presença marcante e inspiradora.

Bivar e Andrew Lovelock. Amizade de longa data.

Bivar e Anne Olivier Bell, editora dos cinco volumes do Diário de Virginia Woolf. Com a Olivier (como era tratada pelos próximos), viúva de Quentin Bell desde 1996, Bivar manteve uma sólida amizade iniciada em 1993 até a morte dela, aos 102 anos, em julho de 2018.

Virginia Woolf (fotografada por Man Ray) foi o anjo eletivo que em 1993 abriu para Bivar as portas do Bloomsbury.

Bivar e Quentin Bell, sobrinho e primeiro biógrafo de Virginia Woolf, na escola de verão na Fazenda Charleston, Sussex, Inglaterra, 1993.

O primeiro prêmio Molière de Bivar, melhor autor teatral em São Paulo, 1968; o segundo, em 1990, foi dividido com Celso Luiz Paulini por *As raposas do café* (acima).

Capa do programa da encenação de *As raposas do café* pelos formandos do colegial, 1997, da Escola Rudolf Steiner, direção de Amauri Falsetti. O desenho, por Di Cavalcanti, é o mesmo do programa da Semana de Arte Moderna de 1922, no Teatro Municipal, São Paulo.

cando para o público quem era Marlene Dietrich, e que até a Madonna, agora, estava falando dela.

Leonardo odiava esse número. "Essa mulher não canta nada!". Isso porque Marlene realmente não tinha crescendo e minuendo como Leonardo tinha. Marlene ficava só no monocórdico grave sensual. Todas as noites durante a temporada, antes do espetáculo, Leonardo me pedia para tirar esse número, mas o diretor musical, tratando Leonardo como garoto mimado, dizia categoricamente que não, o número ficaria até o fim da temporada. E ficou. Dos irmãos, Leandro, o genuíno príncipe da dupla, não desgostava do número. Leandro só me queixou uma vez, não da Dietrich, mas do assédio da fogosa tietagem feminina – adolescentes, moças e senhoras. "Isso não é vida!". Na temporada, Leandro estava "ficando" com Lisandra Souto, jovem atriz da Globo. Dona Carmen e seu Avelino, os simpáticos pais da dupla, compreensivos, gostavam dos meninos cantando com a cantora alemã, número que só ganhava elogios da sofisticada mídia especializada. Foi meu toque de classe ao show.

20
PARTE II – DO DIÁRIO

Para dar um tom de maior proximidade à narrativa, daqui pra frente faço uso exclusivo do diário. Dele selecionei acontecimentos relevantes, que darão outra versão dos fatos narrados na primeira parte do livro.

14/1/1988: Cheguei a São Paulo depois de dias passados com a mãe em Ribeirão Preto. Carta de Quentin Crisp com quem correspondo há três anos. Carta datada de 7 de janeiro. Até que o correio é eficiente. De Nova York a São Paulo levou sete dias, postagem simples. Daí Quentin conta: "Até hoje não fui pago pela atual turnê inglesa, mas sobrevivi. Estou com 79 anos, um ano mais novo que sua mãe. Desejo a ambos um maravilhoso 1988".

28/1/1988: Fui à revista. Almoço no Esplanada Grill, com Joyce e Nelson Pujol Yamamoto, atual editor. A revista mudou de nome, de *Around* para *A-Z*. Joyce queixou-se de estar sobrecarregada de mil pequenos-grandes probleminhas, muito trabalho e gana de fazer uma fogueira e nela jogar o Filofax. Lembrei-me de um dito de Quentin Crisp: "Tratar as catástrofes como trivialidades, mas jamais tratar trivialidades como catástrofes". Rita Lee telefonou à tarde. Está passando por mais um *cold turkey*.

2/2/1988: Fui a *A-Z* de manhã para reunião de pauta com Nelson, Joyce e Caio Fernando Abreu. Nelson deixa a revista. Vai ganhar muito mais numa agência de publicidade. Comigo e Caio, depois desabafou: "Como jornalistas brilhantes damos de graça nossas melhores ideias". Caio entra em seu lugar como editor. Depois fomos os três almoçar no Dinho's. Vou sentir falta do Nelson. E fico com pena do Caio. Sei que ele talvez preferisse não estar de volta. Mas precisa trabalhar. Viver só de literatura não paga aluguel. Enfim, também não vai ser ruim. E a moça da agência de viagens ligou para dizer que vamos mesmo, eu e Vania Toledo, no cruzeiro marítimo até Aruba. Ela ficou de dar a data. Na revista ganha-se pouco, mas de vez em quando pinta uma viagem.

17/2/1988: Saímos de São Paulo cedo, eu e Vania. Ponte aérea para o Rio. Táxi ao porto. O navio inglês Ocean Princess zarpou por volta das 14h. O navio parte e o mar, sem terra à vista, é espetacular.

28/2/1988: Depois de onze dias mar afora pela costa nordestina e norte brasileiro, com paradas em Salvador, Fortaleza e Belém do Pará. E o navio seguiu pelo Estreito de Breves, e na Guiana Francesa as Ilhas do Diabo; na Île Royale pudemos sentir os apuros passados por Dreyfuss e Papillon, entre outros prisioneiros franceses confinados nessa ilha-prisão; fui picado por um enxame de vespas, furiosas por Vania ter invadido o território delas para fotografar as pinturas rupestres de antigos doentes franceses também despejados na ilha; Vania despertou o vespeiro que caiu em cima de mim. Meu braço direito ficou inchadíssimo; fui socorrido com anti-inflamatório, pelo jovem médico inglês a bordo; mas acho que o que ajudou o braço desinchar foram os comprimidos para emagrecer que a cantora Célia me deu. Célia e a nova formação do Zimbo Trio são as atrações brasileiras nos shows do Ocean Princess. O mestre de cerimônias brasileiro é Homero Kosak. As outras atrações são jovens ingleses, lindas bailarinas e alguns comediantes. O navio é perfeito. De porte, até pequeno. No máximo 400 passageiros – a maioria americanos que foram ao carnaval carioca – e o animado cônsul americano em São Paulo e senhora. E tudo vai ficando para trás à medida que o navio avança. No salão Marco Polo, o desfile de fantasias. Vania fez parte do júri. Mas então, hoje, domingo, chegamos a Tobago, para mim a parada mais importante da viagem. Trinidad e Tobago, as duas ilhas formam uma só nação. Meu sonho desde adolescente, por causa de meu gosto pelo *calypso*, era conhecer Trinidad, o lugar onde nascera esse gênero musical. Mas Trinidad não foi desta vez. Mesmo assim não faltou *calypso* no nosso dia em Tobago. Pude até comprar umas fitas K7 de *soca*, o novo ritmo que funde *calypso* com *soul*. *So*, de *soul*, *Ca* de *calypso*: *soca*. E pra terminar a viagem daqui dois dias, uma parada rápida em Caracas, na Venezuela. E em Aruba o voo de volta a São Paulo.

27/3/1988: Em Ribeirão Preto passando uns dias com mamãe em sua casa. Hoje, domingo, manhã lindíssima, acordei ouvindo a mãe lá embaixo andando pelo jardim podando plantas. Mamãe fez o almoço, delicioso. "Com os anos a gente vai mudando os gostos", disse. Depois do almoço, enquanto ela arrumava a cozinha tirei uma soneca. Acordei ao som de chuva forte. Fui correndo fechar as janelas. Mamãe cochilava na saleta com o jornal no colo. Ao despertar falou: "Choveu, mas não

refrescou", e saiu; "deixa eu dar uma olhada no meu jardim".
Por volta das 17h a convido para darmos uma caminhada até
a pedreira desativada. De longe, sob vários ângulos, vou lhe
apontando a casa que construí para ela ser feliz. Às vezes bo-
nitinha, um chalezinho jeitoso; de outro ângulo um puxadi-
nho, e repentinamente uma gracinha. A mãe está lendo *Entre
o amor e o pecado*, tradução brasileira de *Forever Amber*, quase
mil páginas. E ela lembra: "Teve o filme com... Como é mesmo
o nome dele, Oscar Wilde (ela pronuncia Vilde)". Percebendo
em tempo que não podia ser Oscar Wilde, consulta a orelha do
livro e corrige "Cornell *Vilde*". Conversamos. Ela é surda, usa
aparelho, ouve sons quando fortes e estridentes, a campainha,
trovão, buzina de carro, ruído de motocicleta. Em conversa
com as pessoas pede que não gritem, falem baixo, diz que con-
segue ler os lábios. "Eu adoro a vida! Quero ainda viver uns
três anos". (Viveria 12). "Eu não me sinto velha, Bivar. É claro
que meu corpo está velho, mas dentro não me sinto velha." E
continua: "A minha família, do lado dos meus pais, vive muito. Aída, minha irmã mais velha está com 94 anos e lúcida.
Tia Marieta morreu com 100 anos e seis meses. Perguntava de
todo mundo. Era interessada, queria saber, assistia novelas". E
falamos de seu marido, papai, morto há sete anos. Mostrou-me
o travesseiro dele. "A família de seu pai também vive muito.
Olímpio, irmão mais velho, está com 94 anos. Viúvo, vai casar
com a empregada, de 70 anos." Agora, quase dez da noite, de
lenço na cabeça a mãe está rezando no jardim. Todas as noites,
reza para todos e para o Brasil tomar jeito. "O Brasil vai de mal
a pior." Depois de rezar ela sempre toma banho antes de deitar.
Depois do banho não usa mais o aparelho de surdez. Imbatí-
vel, Guilhermina fará 80 anos daqui três dias. Vamos comprar
uma máquina de lavar roupa para ela, que continua lavando
no tanque. E ela: "Não precisa. Adoro lavar roupa".

10/4/1988: São Paulo. Domingo. Christiane Torloni me ligou pedindo o telefone de Joyce Pascowitch. Quer dar uma notícia para a coluna da Joyce na *Folha*. É que o prefeito Jânio Quadros ontem à noite mandou realizar uma blitz policial fechando vários teatros por não se encontrarem em [boas] condições para receber o público. Num dos teatros fechados Christiane faz temporada em *O lobo de Ray-ban*, com Raul Cortez. Outro teatro fechado foi o que Marilena Ansaldi, pega de surpresa, já estava no palco em plena função.

19/4/1988: Mais quatro dias com mamãe em Ribeirão Preto. Já ia subir para dormir quando vi uma enorme barata sobre o armário da cozinha. Corri ao quarto da mãe, que, na poltrona lia *O amor nos tempos do cólera*. Pedi que ela me dissesse onde estava o spray inseticida. Mamãe falou para eu pegar um pedaço de papel higiênico, enrolar nele a barata, jogá-la na privada e dar descarga.

25/4/1988: São Paulo. Não dou o valor que as pessoas dão a aniversários. Não lembro o de ninguém e procuro ignorar o meu. Mas os amigos sempre lembram o meu. Então aconteceu assim: Primeiro Rita e Roberto me convidaram para jantar com eles e os três meninos. Rita me deu um monte de presentes, desde papel francês para enrolar baseado até uma camiseta nostálgica dos Sex Pistols, que também trouxe de Paris. Roberto me deu uma grande lata de Assorted Chocolates, da Cadbury. Depois, ali mesmo na Praça Buenos Aires, fomos para o apartamento de Vania Toledo. Chegando lá tive que fingir surpresa que não sabia da festa pra mim (Celso Paulini já tinha me avisado). Lá estavam Maria Della Costa e Sandro, Celso, Caio F., Antonio Wop Bop, Patricio Bisso, Christine Nazareth, Mario Mendes e Supla. A dra. Juju Xavier de Mendonça chegou e com o medidor tirou a pressão de todos.

30/8/1988: Manhã com reunião de pauta na A-Z. A carioca Regina Valladares é a nova editora. Continuo como editor de estilo, ou editor honorário, ainda dando ideias e sugestões. Antes, com os outros editores, isso era feito com divertida *nonchalance*, mas a Valladares parece querer mostrar maior profissionalismo e o poder de sua posição. Caio Fernando, Cidinha e eu meio desacorçoados. No meu caso, a Valladares está resistindo, não convencida da minha sugestão de pôr a Eva Grimaldi na capa. Mas meu Deus!, falei, a Grimaldi filmou com Fellini, saiu na capa da *Tatler* inglesa, e está em São Paulo filmando com o Khoury! É uma jovem italiana lindíssima! Mas a Valladares, que nunca ouvira falar da moça, disse: "Vamos ver como ficam as fotos. Se ficarem muito boas..."

31/8/1988: Hoje, Eva Grimaldi foi fotografada por Bob Wolfenson. Não fui ao estúdio do Bob, porque estava em casa datilografando a entrevista que fiz com Eva no hotel. O nome dela é mais simples, Milva Perinoni; foi Fellini que inventou o Eva Grimaldi. Cidinha a acompanhou. Disse que a sessão foi ótima. Depois das fotos a Grimaldi foi com Cidinha conhecer a A-Z (ela pronuncia "A-Zeta", em italiano). Joyce, Caio F., e a Valladares já tinham ido embora, quando Eva Grimaldi chegou.

14/9/1988: Reunião de pauta para o número de outubro da A-Z. Pedi a Joyce aumento de salário. A inflação sobe a cada segundo e o que ganho já não está dando nem pra pagar o aluguel da quitinete. E a revista está indo tão bem, tantos anunciantes! E fui almoçar com Regina Valladares e Caio F. no Vienna. Já que eu estava sem um puto em pleno meio de mês,

Regina pagou a minha parte. Regina estava revoltada: "Eu não quero pedir aumento porque meu aluguel dobrou; eu quero ser paga pelo que valho. Não quero comprar roupa em liquidação. Quero comprar a roupa que gosto e pagar o preço dela, não importa se caro".

29/12/1988: Natal em Ribeirão Preto com toda a família, os da cidade e os que vieram de fora. A reunião foi na casa da minha irmã Mané, onde a maioria de fora se hospedou. Os de fora chegaram às vésperas e foram embora dias depois do Natal. Hoje, em grupo animado – mamãe, Iza, Cecília, Pedro (cinco anos) e Gabriela (três) fomos a São Simão. A 40 km de Ribeirão Preto, a charmosa São Simão foi para onde, em 1931, se mudaram meus pais, nove meses depois de casados. Mamãe sempre nos contou dos anos felizes no lugar onde nasceram os primeiros filhos, Iza e Leopoldo. Mamãe não voltou lá, desde 1935, quando a família se mudou para São Paulo, onde eu, o terceiro filho, nasci. Não conhecíamos o lugar. Mesmo Iza – saiu de lá ainda pequenina. Fomos de ônibus e voltamos de trem. Mamãe, cuja animação nos contagiou, contava das gratas amizades de seus primeiros anos de casada, os melhores anos de sua vida, e queria saber dos que ainda viviam na cidade. Dia bonito e lá fomos nós. Chegados à rodoviária tomamos o único táxi (sem taxímetro). Seu Osmar, o motorista, perguntado por mamãe disse que a Olga Furlan Robasa estava logo ali em frente. Tomava conta da loja de materiais de construção da família. Mamãe, que não via Olga há 54 anos, a reconheceu no primeiro instante e gritou: "Olga!". Olga, aparentando cerca de 70 anos, assustada com a entrada do grupo barulhento, a princípio não entendeu que gente era aquela. Logo mamãe explicou, Olga dela se lembrou e foi uma festa. As duas se abraçaram, Olga chorou. Daí, agarrada na Olga, mamãe contou para nós todos que na época, papai com 31 anos e ela com 24 e grávida da Iza, nascida mês e meio depois da mudança pra lá, a família da Olga tinha sido acolhedora e fraterna. Na época, Olga tinha 16 anos e muito ajudou mamãe tomar conta da Iza, e dois anos depois, do Leopoldo. Olga contou de outras famílias e deu ao seu Osmar os nomes e dicas da cidade. E lá fomos nós, no carro dele, passear pela cidade. Estava um sol de rachar e, com crianças pequenas, mamãe de bengala, não dava pra fazer o passeio a pé. A cidade é toda ela morro acima e morro abaixo, e só tínhamos três horas antes de tomar o trem de volta. Cidade pequena, São Simão não crescera praticamente nada. Visualmente bem conservada, dá a agradável impressão de parada no tempo. Casario antigo, do século XIX e começo do século XX. O Fórum e o cinema (fechado), segundo mamãe, reconhecendo-os, eram os mesmos. Meus pais tinham mudado para lá, papai como escrivão de polícia. A maioria dos habitantes, imigrantes italianos e seus descendentes. São Simão me pareceu uma típica cidadezinha italiana plantada no noroeste do estado de São Paulo. Outras raças também formaram a comunidade. A meu pedido, seu Osmar nos levou ao Museu Marcelo Grassmann. O artista também é nascido nesta cidade. Mamãe disse que conhecia a família dele, alemães. Mamãe, acho, confundiu o nome do pai do Marcelo. Disse "seu Vitório Grassmann". O museu, um sobrado de madeira típico alemão, estava fechado. E passamos na frente da casa onde Leopoldo nasceu, mas mamãe queria mesmo era nos mostrar a primeira casa onde ela e papai moraram, onde Iza nasceu. Na rua da matriz, mamãe reconheceu a casa no primeiro instante. Euforia. Segundo mamãe, a grande varanda lateral era a mesma, só que agora estava com telhado. Iza abre o portão, passa pelo jardim, sobe a escada, nós a seguindo. Bate na porta. Atende uma senhora, jovem, e Iza vai logo pedindo desculpa pela falta de cerimônia, explicando que nasceu na casa. A alegria de minha irmã é contagiante – muito comunicativa no seu estilo de casada faz tempo e sempre morando em Ipanema, no Rio – conquista a atual residente que nos convida a entrar. Mamãe reconhece cada canto. O assoalho de madeira é o mesmo, mas na época se usava lavá-lo e agora estava com sinteco. E a dona abre a janela do quarto onde Iza nasceu. Cecília, que levava câmera, correu à calçada para fotografar Iza na janela. A dona da casa pergunta: "Cafezinho?". A gente agradece e diz que vai ao supermercado comprar coisas pro piquenique no bosque. Pão, queijo, presunto e guaraná. E combinamos com seu Osmar para ele nos apanhar dali uma hora, para nos levar à matriz, que mamãe e Iza queriam rezar e agradecer a São Simão, o padroeiro. Na igreja, mamãe reconhece a pia batismal onde Iza e Leopoldo foram batizados. E apanhamos uns santinhos com a imagem de São Simão. No texto, no verso, está que ele era primo de São Judas Tadeu e foi serrado ao meio para... No teto da igreja o afresco colorido com o santo que dá nome à cidade sendo serrado pelos fariseus. Do lado de fora da igreja, que fica no alto, dá para ver toda a cidade, voltada para um verdejante vale. E felizes voltamos para Ribeirão Preto no trem das 14h30. Iza em estado de graça, e mamãe, serena, como que tendo cumprido mais uma missão.

25/4/1989: São Paulo. Terça-feira. 50 anos hoje. E que tal a vida aos 50? Acordei cedo e pela frente uma lista de afazeres. Dia normal, nunca liguei para aniversário e não é agora, aos 50, que vou ligar. E a situação nesta data? Editor de estilo da A-Z, bolsista da Vitae, e o estimulante trabalho de continuar escrevendo com Celso Paulini nossa saga teatral sobre a História do Brasil. Economizo o dinheiro da bolsa comprando dólares para a viagem à Inglaterra, em breve.

7/5/1989: Ribeirão Preto. Domingo. Cheguei há três dias para ajudar a mãe na casa e no jardim, para o II Encontro dos Battistetti, os descendentes de seu pai, meu avô Fioravanti Battistetti. Mamãe queria deixar tudo arrumado, caso alguns parentes de fora se hospedassem em sua casa. E aconteceu o encontro, num *resort* perto. Uns 200 e poucos parentes. Vindos de diversas procedências, desde a prima Maria Lucia, de Avaré, à prima Eneida Battistetti Matarazzo. Parentes de múltiplas extrações e ocupações profissionais: fazendeiro, engenheiro, médico, professor, miss, funcionário público municipal e federal, farmacêutico, marceneiro, profissionais liberais e autônomos, e artistas. A prima Eneida, filha do tio Fernando, é casada com Eduardo, filho do conde Francisco Matarazzo e irmão de Maria Pia. Para o encontro vieram Eneida, Eduardo e um dos filhos, Fernando Jerônimo Battistetti Matarazzo, adolescente. A filha não veio. O encontro levou dois dias e espalhou-se em vários lugares da cidade, inclusive, na véspera, na lendária choperia Pinguim. Os Battistetti de fora, com seus familiares, a maioria se hospedou em três dos hotéis centrais. Tia Aida, filha mais velha do vovô, também hospedou um tanto. Mamãe hospedou os netos do Rio e amigos. A Mané hospedou os de Bebedouro. O almoço, com música e dança foi no resort Lona Branca. Os arranjos florais, o buffet, tudo nos trinques. Na hora da dança, dancei uma valsa com mamãe. Na infância, papai não dançava, e nos bailes da Usina, eu sempre tirava mamãe para dançar. E agora, aos 81, surda, não ouve a música, mas me acompanha nos passos. Constatei que mamãe continua dançando muito bem, com destreza nas giradas da valsa. E no "Ilariê" da Xuxa todos dançaram. Cecília tirou mamãe para dançar e ela não se fez de rogada, dançou com a neta. Jovens e velhíssimos, todos dançaram. Até Ada, de 82 anos, prima de mamãe, dançou com o sobrinho Pedro Augusto. Na pista tinha até tetraneto; seis gerações Battistetti. Dos 35 netos de vovô sou o único solteiro, o que deve gerar certo questionamento. Quando perguntam quando vou casar, se já não é tempo, respondo que sou feliz casado comigo mesmo. E que pretendo assim continuar.

12/6/1989: Ribeirão Preto, segunda-feira. Manhã toda ao sol, lendo. A mãe lavando roupa no tanque. Já é tempo de dar uma máquina de lavar a ela, penso, com certa culpa. Mas ela, enquanto estende a roupa no varal, diz, como sempre diz, com verdade natural: "Adoro lavar roupa!". Da cozinha vem o aroma delicioso de sua comida, a mais caseira. E ela pergunta, enquanto estende o resto da roupa: "É bom esse livro?". Mostro a capa. É um volume do "Diário" de Virginia Woolf. Estou em 1930. Virginia está com 48 anos. Leopoldo veio almoçar. Lembrou que amanhã, dia de Santo Antônio, é aniversário de papai. Se vivo, estaria fazendo 89 anos. Morreu há oito anos. Papai ficaria feliz de saber que a casa agora é minha. Com escritura definitiva. No cartório o escrevente disse pra eu registrar no mais baixo valor venal. A escritura custou meu salário mensal como editor de estilo da *A-Z*. A mãe me abraçou, emocionada. Dos cinco filhos, eu era o único que não tinha casa em meu nome. Agora tenho, aos 50 anos e quase dois meses. É a casa que construí para ela, viúva e morando sozinha. "Adoro a vida! Da festa dos Battistetti, estou dançando até hoje", disse, comovida. À noite, quando sozinha e sem sono, aconselhada por Iza, filha mais velha, mamãe, num grosso caderno, escreve suas memórias. "Lembro de tanta coisa, tanta coisa para contar. Não sigo nenhuma ordem. Vou lembrando e escrevendo", diz.

14/6/1989: Ribeirão Preto está celebrando seus 133 anos. Na comemoração está havendo um Blues Festival. Cinco noites.

Grandes atrações: Buddy Guy, Albert Collins, Magic Slim, Junior Wells e Etta James. O ingresso não é caro e a capacidade da Cava do Bosque, onde rola o festival, é de cinco mil pessoas. Irei à noite da Etta. O festival está sendo transmitido pela Rádio Diário. Ótimo o Buddy Guy. Muita gente de fora. Gravei uma fita ontem e gravo agora a segunda noite. Junior Wells, maravilhoso. Magic Slim, emocionante. Acontece também na cidade, em palanque na Praça XV, o comício do presidenciável Fernando Collor de Mello, número 1 nas pesquisas. Tô fora. E eu aqui na casa da mãe, como é bom ficar em casa! Se não escrevo, leio. Virginia Woolf deliciosa. A melhor companhia. Pra que sair, se tenho a casa, a mãe e Virginia?! Mas a Etta James eu vou ver.

11/3/1990: São Paulo, domingo. Com chamada na primeira página, saiu no *Jornal do Brasil*, do RJ, no caderno "Ideias – Ensaios", meu artigo sobre "As elites brasileiras". Com tanta gente mais importante e mais conhecedora do assunto que eu, escrevendo sobre o mesmo tema no mesmo caderno – José Mindlin e outros – só o meu nome saiu na chamada na primeira página. E meu artigo, 120 linhas, é bem fraquinho. E na quinta-feira, dia 15, será a posse de Fernando Collor. Não gosto dele.

16/3/1990: O pacote da ministra Zélia pegou o povo desavisado. Foi o arrocho mais chocante da nossa história. Nem me abalei. O pouco que tenho é dólar e está debaixo do colchão.

5/4/1990: Fui à *A-Z* conversar com a Joyce e assinar, com os outros 25 empregados, o aviso prévio. Por causa do "Plano Collor", disse Joyce, a revista está numa situação de acabar ou ser comprada por uma editora maior.

6/4/1990: Sexta-feira. Joyce me liga para contar que a *A-Z* foi vendida e sou o primeiro a saber. Joyce disse: "Na atual situação os bons vão se salvar".

15/4/1990: Domingo. No *Fantástico* fico sabendo da morte de Greta Garbo. Morreu aos 84 anos, em um hospital em Nova York.

24/6/1990: No quarto jogo o Brasil perdeu de um a zero para a Argentina e caiu fora da Copa. Soube, pelo telefone, que lá em Ribeirão Preto a mãe ficou arrasada. Ela acha os argentinos muito "posudos".

17/7/1990: Terça-feira. Jantar na Joyce. Ruth Escobar ficou tempão sentada nos meus joelhos, até eu não aguentar o peso de sua bunda e pedir licença. Bruna Lombardi me conta que terminou de escrever o romance. Derrubei vinho nela e tive reação constrangida. Bruna disse pra eu não ligar, que era dinheiro. (Era mesmo. Dias depois Bruna telefonou para contar que recebeu US$ 25 mil de adiantamento da editora, por seu primeiro romance).

1/8/1990: Quarta-feira. Antonio Candido e sua mulher, a professora Gilda de Mello e Souza, foram ao ensaio da nossa peça (*As raposas do café*) e ficaram cinco horas conversando com o diretor e elenco sobre os personagens: Oswald não era extrovertido. Anita Malfatti nunca teve homem. Morreu virgem. Gilda de Mello e Souza contou que morou na casa de Mário de Andrade, na rua Lopes Quinta, quando tinha 11 anos, chegada de Araraquara. Mario era seu tio. Antonio Candido disse ao diretor Eduardo Tolentino, e aos atores, que Celso e eu estávamos certos misturando os personagens – Bilac, Lima Barreto, e outros da época, na cena do salão carioca da *Belle Époque*.

5/8/1990: Anteontem recebi carta de Quentin Crisp. Aos 82 anos sempre responde minhas cartas assim que as recebe. E liguei para Ribeirão Preto para falar com minha irmã, a Mané, e saber de lá. Nossa mãe retomou a escrita das memórias. Está escrevendo o episódio de quando seu enxoval foi roubado por uma invejosa.

12/4/1991: Londres, sexta-feira: Consegui hospedagem barata para duas semanas, 13 libras a diária, na Associação Cristã de Moços (YMCA), em Barbican. Quarto excelente, TV à cores. O banheiro é comunitário, mas grande e limpo. Refeições incluídas. Só acho Barbican um pouco distante do centro. Saio depois do *breakfast* e só volto para dormir. Um dos motivos desta minha viagem é continuar nos passos de Virginia Woolf. Antes de viajar deixei quatro roteiros escritos do *TVLeezão* da Rita, para eles já irem gravando.

17/4/1991: Quarta-feira. Um dia mágico, místico, metafísico. Trem de Londres a Lewes e de Lewes a Rodmell conhecer a residência campestre de Leonard e Virginia Woolf. Entrar na sala, no quarto de Virginia, no seu pequeno estúdio de madeira num canto do grande jardim de Leonard; a igreja do outro lado da cerca, a criançada brincando no recreio escolar. Rodmell é um vilarejo adormecido no tempo. No tempo de Virginia sua população era de cerca de 500 habitantes; hoje é o mesmo número de gente. Virginia e Leonard compraram a casa em 1919, para os fins de semana. Foi sua casa de campo até seu suicídio, ali próximo, no rio Ouse, em 28 de março de 1941. Na volta de Rodmell a Lewes fiz todo o percurso a pé, pela margem do rio, tendo às vezes que atravessar trechos pantanosos e ter o rosto lavado por chamuscadas de vento forte que varria o leito do rio jogando água na minha cara. Água que misturava às lágrimas de sentimento, comiseração, reverência por ter sido, em total solitude, guiado ao lugar.

25/4/1991: St. Ives, extremo oeste da Cornualha. Quinta-feira. Vim passar dias aqui, coincidindo com a data de meu aniversário, hoje. 52 anos. O lugar era – e ainda é – uma pequena cidade de pescadores que foi gradualmente sendo transformada, desde o século XIX, numa colônia de artistas. Os pais de Virginia Woolf e os filhos vinham anualmente passar as longas férias de verão no lugar. O primeiro encontro de Virginia com o lugar foi em julho de 1882, quando era um bebê de seis meses; e a família voltava sempre, até que, com a morte da mãe em maio de 1895, as férias em St. Ives foram suspensas. Mas ao longo da vida Virginia voltou algumas vezes ao lugar. A Talland House, a residência da família até hoje está de pé. O lugar inspirou três romances autobiográficos da autora. *O quarto de Jacob*, *Ao farol*, e *As ondas*. Dos três o mais memorável é *To the Lighthouse* – *Ao farol*, numa das traduções brasileiras. Li os três romances e a biografia da escritora pelo sobrinho Quentin Bell, de modo que estou bem familiarizado com o lugar. Cheguei sem ter reservado hotel. Fui ao posto turístico me informar de pousadas e logo a moça simpática me encaminhou a uma, central, 13 libras a diária, quarto exclusivo, com desjejum matinal. Proibido fumar. Tudo bem, fumo do lado de fora. Notei, com os dias, St. Ives é tão limpa que não se vê nem toco de cigarro nas calçadas. Ruas e curvas bem providas de bancos, para o passeador se sentar e apreciar. É uma cidade de pesca, artes e letras. Chama à atenção as esculturas de Barbara Hepworth, sua artista maior, morta, não faz tempo, num incêndio em seu estúdio. Em outros tempos, Turner, os pré-rafaelitas e os pós-impressionistas pintaram ou fizeram seus *sketches* aqui. E também poetas, romancistas, e com longa residência a Daphne du Maurier. Em conversa com o homem da tabacaria, ele me contou que a autora de *Rebecca* acabou tão esquecida que nem se lembrava de ser tão famosa! E no cinema local, cujo programa muda a cada três dias, assisti *Cinema Paradiso*. Já tinha visto o filme, mas assisti-lo de novo nesta cidadezinha, e no seu único cinema, cercado por uma pracinha bem iluminada, foi puro encantamento. E nesses dias fiz vários passeios por onde caminharam a menina e a mocinha Virginia Stephen, seus irmãos e Julia, sua mãe. O pai ficava mais na Talland House, mergulhado no trabalho intelectual, e o sonhado passeio com as crianças ao farol do título ele sempre adiava, desculpando-se pelo mau tempo. Do alto das falésias avistei o mítico farol.

26/4/1991: Na estaçãozinha de trem, finjo-me de distraído, mas ouço a conversa de dois personagens do lugar – uma senhora e um senhor. "Este lugar é o paraíso", diz a senhora, "mas logo, com o verão, chegarão os turistas, às dezenas, centenas, milhares..." E o homem arremata: "A maioria, americanos". E a senhora: "Que se há de fazer, a cidade para se manter bonita o resto do ano precisa do dinheiro deles", e o homem: "Todos têm o direito, ao menos uma vez na vida, de dar uma espiadela nesta *unha* da Inglaterra".

Situada no extremo canto direito da Inglaterra, St. Ives é toda voltada para o Atlântico. A praia, os rochedos, o mar, o farol, as águas do Atlântico Norte, lembram muito as do Atlântico Sul no litoral norte do estado de São Paulo. Mas cá estou aguardando a partida do trem de volta a Londres. Realmente, esta extrema ponta da Cornualha fica longe. Se longe agora, imagino nas últimas décadas do século XIX, quando a família de Virginia Stephen vinha para cá.

Do ramal de St. Ives até Pensance, e de Pensance o trem da BritRail nos trilhos, até o ponto final, Paddington, em Londres. O vagão, mesmo de segunda classe, é todo conforto. Tenho até acoplada uma mesa frente ao assento, para escrever entre encantadas olhadas à belíssima e variada paisagem em movimento. Paradas em estações, para descida e subida de passageiros. Claro dia de primavera. Mais uma parte cumprida da perseverante peregrinação. E St. Ives já é memória do vivido em quatro dias.

E o trem vai. Parou em Truro, Plymouth, Torquay... E Southampton (de onde partiu o Titanic). E segue bitola em frente. Meu pensamento volta a St. Ives. A pintora dos gatos. No alto de uma das colinas, sua casa, e a placa pintada com a figura de um gato. "Aceita-se encomenda". Já passara por ali, numa das minhas perambuladas. Mas dessa vez, depois do almoço, quando se faz a sesta, a cidade adormecida em dia quente de sol subtropical, rua vazia, lá vou eu colina acima, passando exatamente ao lado da casa da pintora dos gatos. E que susto! Vindos do alto e surgindo na curva, uma dezena de gatos enfeitados e tagarelando como se fossem gente, nessa hora só deles, seguidos pela feliz patroa deles. Todos se assustam ao me verem, e eu, mais assustado, com a inusitada aparição deles. Eu, os gatos, e a mulher, que me vendo não gostou do que viu: um enxerido! De fato. Minha aparição tirou-lhes a liberdade. Os gatos, de gente que se achavam, voltaram a ser gatos. E me fulminaram com olhos felinos. E a mulher passou por mim sem sequer um "*hi!*"; e seguida pelos gatos abriu a porta, entrou na casa e como que bateu a porta na minha cara. Passado o choque, achei graça, sorri, e até gostei de mais essa experiência em St. Ives.

27/4/1991: Londres. Encontrei meu quarto limpo e do jeito que o deixara, com as minhas coisas, as roupas, livros, discos etc. Sem faltar nada. E a Inglaterra mais uma vez me dá a certeza de ser toda ela meu lar eletivo. Fui à British Airways mudar a data da minha volta. Paga-se uma taxa até meio alta, mas tudo bem. Dar-me o direito a mais uma semana de felicidade faz parte da liberdade e do bem viver.

12/9/1991: São Paulo, quinta-feira. (Nota do diarista: Tem coisas que se escreve no diário, que é importante para você, mas que não precisam ser mostradas para os outros. De modo que salto de abril para setembro, gostando do efeito como estilo literário). Dias felizes, prenúncio da primavera. A mãe passa uns dias comigo. Chegou há uma semana. É a melhor companhia que um filho pode querer. Sua comidinha simples, saudável e saborosa; depois do almoço e uma rápida cochilada saímos a caminhar pelo bairro. E ela, de bengala, mas ágil, observa, acha tudo interessante. A caminhada de hoje foi pela avenida Angélica, de onde subimos até a avenida Higienópolis; passamos em frente aos colégios Sion e Rio Branco e fomos parar na balaustrada dando para o Pacaembu. Na volta pela rua Jaguaribe passamos pela padaria, compramos uma baguete e chegamos na rua Fortunato. Mamãe tomou banho e agora está no quarto rezando, como sempre faz a essa hora, cinco e meia da tarde. Nestes dias comigo, mamãe cerziu minhas camisetas, meias e lençóis, carentes desses cuidados. Lê o jornal e comenta. Tudo serve de assunto. Política, receitas, moda, anúncios, artistas, novelas. A mãe adora conversar. É surda, mas não fica sem o aparelho, para dar a impressão que funciona. Uso um caderno e escrevo meus comentários, faço perguntas. E vamos ao terraço observar os edifícios e a rua. Uma mulher estende roupas no varal no balcão do apartamento. Os pássaros – mamãe me chama à atenção para as andorinhas: "Estão aparecendo mais cedo este ano. Nem primavera, ainda é!". E mais tarde, quase onze da noite, o caminhão do lixo passando e ela, vendo os lixeiros correndo, apanhando os sacos e os atirando no caminhão, e a máquina os triturando. "Trabalho ingrato; bem que merecem ganhar mais", reconhece. E observa carros entrando no estacionamento a céu aberto, do outro lado da rua. As manobras para estacionar. E mulheres que saem de seus carros com grandes bolsas. Saem, fecham o portão do estacionamento e tomam seus rumos, a passos largos à esquerda, à direita ou atravessando a rua. E a mãe constata que, apesar de tudo, a vida e as coisas funcionam nesta grande e caótica cidade, apesar do noticiário o tempo todo anunciar assaltos, crimes e outras vilanias.

8/12/1991: São Paulo, domingo. E mais um ano vai chegando ao fim. Comprei meu primeiro carro, uma Brasília 1980. O carro passou por várias mãos até ser comprado, pelo pai, para meu sobrinho Rafael, quando fez 18 anos e começou a dirigir. Agora ele ganhou um carro mais novo e sua mãe, minha irmã, achou que eu devia ficar com a Brasília. Heloisa é eficiente em decidir pelos outros, de modo que fui facilmente convencido a ficar com o carro por preço bem barato a ser pago quando eu puder. Já faz três anos ou mais que passei no exame de direção e tirei carta de motorista, mas já devo ter esquecido tudo, por isso devo reaprender a dirigir, tomando aulas na mesma autoescola. Mas isso só depois da passagem de ano, porque agora, com as festas a caminho, nem tenho cabeça. Rafael trouxe a Brasília e a deixou no estacionamento aqui em frente. Aos 53 anos vou achar ótimo dirigir. Nunca é tarde para aprender a usar um novo instrumento, no caso um veículo. O carro me permitirá outro tipo de liberdade, para quem, como eu, tão livre e sem pressa. Finalmente vou experimentar o *on the road*. Do meu jeito.

16/12/1991: Segunda-feira, cinco horas da manhã. Chegando da residência de Rita e Roberto. Reunião de despedida do ano. Umas vinte pessoas. Amigos e o pessoal que trabalhou no *TVLeezão* e no show Bossa'n'Roll. Depois que todos foram embora, Rita pediu para eu ficar mais um pouquinho e fiquei. Fui dos que ganharam cesta de natal. Disse Rita: "Este ano que o Brasil está na pindaíba eu saí dela e pude dar a reunião e as cestas de natal pro pessoal". Verdade. Graças ao meu trabalho com ela no *TVLeezão* também pude comprar e pagar, à vista, este pequeno apartamento.

22/12/1991: Domingo. Em Ribeirão Preto para o Natal. Cheguei e encontrei mamãe a mil por hora. Sozinha ela fez trinta panetones e separou, já prontos desde a estação, vidros de geleia de jabuticaba e amora. Tudo para presentear a família e a vizinhança. Quando fui à sala ver a árvore de natal que ela armou avistei um morcego pendurado de ponta-cabeça no batente da porta. Mamãe disse: "Bem que ontem à noite vi uma coisa enorme voando pela casa; pensei que fosse um passarinho". Morcego tem sua própria agenda: vive de noite e dorme de dia. E lá estava o bicho, dormindo. Peguei uma vassoura de pelo e com jeito o acomodei; dorminhoco, ele abriu meio olho e se ajeitou nos pelos da vassoura, enquanto o conduzi ao jardim. "Não vá matá-lo, coitadinho", disse mamãe. Claro que não ia matá-lo; fui até o muro que dá para o matagal vizinho e bati o cabo da vassoura no lado de fora e o morcego caiu; deve ter se ajeitado por lá.

27/12/1991: Ribeirão Preto, sexta-feira. Como de costume, as reuniões de Natal, antes, durante e depois, foram na residência da Mané, Péricles e Pedro, o filho de oito anos. Da família, além dos de Ribeirão Preto, vieram os de São Paulo e do Rio. Vinte ou mais pessoas. De Ribeirão só o Leopoldo não compareceu às reuniões. Ficou na casa dele. Mamãe estava triste e preocupada com a ausência do filho, mas daí o neto Luiz Eduardo, que trouxe do Rio sua câmera de vídeo foi lá, filmou o Leopoldo, e na volta passou o vídeo para todos ampliado na tela da televisão. Mamãe, que assistiu, disse, tranquilizada: "Graças a Deus o Leopoldo está bem. Vi na televisão".

16/1/1992: São Paulo, quinta-feira. Jantar na residência de Maria Adelaide Amaral e Murilo. Beatriz Segall, Maria Lydia Flandoli, Malu Hurt, Celso Curi, Mila Moreira, Pedro Paulo de Sena Madureira e Carlos Henrique, para citar algumas presenças. O jantar foi para Sérgio Viotti. Dorival Carper, companheiro do ator, e Ligia, mãe de Sérgio, também entre os comensais. A certa altura, Pedro Paulo, Beatriz Segall, e eu, tabagistas desbragados, conversamos a respeito. Pedro Paulo fuma cinco maços de Hollywood por dia, com piteira; eu fumo um maço; Beatriz fuma três cigarros diariamente: um depois do café matinal, um após o almoço e o último à tardinha. Em compensação, diz ela, quando sai para o social, é um cigarro atrás do outro. E a reunião corria tranquila quando aconteceu um bate-boca altíssimo entre Pedro Paulo e Dorival Carper, sobre o primeiro adorar São Paulo e o segundo, detestar a cidade. Parou a festa. Não fosse a intervenção da turma do "deixa disso", o arranca--rabo teria tido consequências imagináveis.

25/1/1992: Sábado. Aniversário da fundação de São Paulo (438 anos) e também aniversário do nascimento de Virginia Woolf (110 anos). Saí, pela primeira vez, sozinho dirigindo a Brasília, depois de semanas de aulas com o instrutor. Errei tanto que fiquei temeroso de não voltar vivo ao estacionamento. Ontem uma notícia me deixou muito triste. Paulo Villaça morreu, no Rio. Paulo não tinha família. Sua família eram os amigos da classe artística. Marília Pêra, Renata Sorrah e Norma Bengell cuidaram dele no fim. Pediu para ser cremado, mas não foi atendido. Foi enterrado no Cemitério do Caju. Lembrei-me da vez que Marília, que com ele viveu na década de 1960, disse: "Paulo se faz de durão, mas é tão frágil!". A revista *Veja*, na seção "Datas", lhe deu destaque elogiando-o como professor de português no Mackenzie, e seu rosto expressivo de *Drácula*. Da longa carreira de ator, Paulo será mais lembrado como "O bandido da luz vermelha", no filme de Rogério Sganzerla.

9/3/1992: Ontem, domingo, fui dirigindo a Brasília até a Serra da Cantareira. Na volta dei carona a uma família meio japonesa; depois, a uma senhora que ia trabalhar, e por último a um moleque que ia para a Luz. Assim, pela primeira vez, dirigi com gente no carro. Fui um perfeito motorista.

13/3/1992: Beatriz Segall ligou convidando para o jantar em sua residência amanhã. "Jantar íntimo, poucas pessoas", ela disse.

14/3/1992: O jantar da Beatriz Segall foi ótimo. Seu apartamento é espaçoso, chique, as paredes cheias de obras de Lasar Segall. Estiveram lá o Pedro Paulo com Carlos Henrique, Maria Adelaide Amaral, Vania Toledo e eu. Discussão entre Maria Adelaide (contra) e Pedro Paulo (pró) Nélida Piñon. "Ela é uma das maiores lobistas que conheço", disse Maria Adelaide; Pedro Paulo defendeu Nélida. É íntimo dela. Beatriz, muito chique, dando a impressão de tudo saber mais. Vania muito inteligente e bem articulada nas opiniões. Delícia de pessoa, a Maria

Adelaide. Para puxar mais assunto, soltei o nome da Elizabeth Bishop, e Pedro Paulo deu um show de conhecimento. Era meninote e frequentava Lota de Macedo Soares em Petrópolis, no tempo da Bishop lá. A Lota, segundo Pedro Paulo, vestia-se de George Sand. E contou histórias incríveis, porém absolutamente críveis, das duas. A reunião foi tão boa que combinamos pensar em saraus nos sábados.

15/3/1992: Domingo. Pela manhã saí dirigindo a Brasília. Fui parar em Mairiporã. Rodei e estacionei à beira da represa. Dia de sol radioso. Tirei a roupa e dei um mergulho, de cueca. Na volta o freio de pé me pareceu solto, mas consegui chegar em casa.

20/3/1992: Ribeirão Preto, sexta-feira. Cheguei, abri o portão e ouvi um vozerio feminino. A voz que sobressaia mais, reconheci, era a da prima Drina (76 anos); também estavam lá sua mãe, tia Aída (98) e tia Lina (80), irmãs de mamãe (84, dia 30). Mamãe me pareceu radiante com as visitas; vieram passar três dias em sua casa. Mamãe surda, mas super ativa; tia Aída muito velha, quase cega, frágil, mas muito lúcida nas opiniões. Todas de personalidades fortes, filhas e neta de italianos. Tia Lina me pareceu esquecida e um pouco ansiosa. Prima Drina aos berros, não deixa ninguém falar, só ela fala, voz metálica aguda. Mas uma delícia, estar com todas elas.

9/4/1992: São Paulo, quinta-feira. Jantar de aniversário de Joyce Pascowitch, na casa dela. Só para íntimos. Entre outros, lá estavam, Pedro Paulo (sem Carlos Henrique), José Simão, Eduardo Logullo, Vania, Costanza Pascolato, José Serra, Pinky Wainer e Roberto de Oliveira, Barbara Gancia, e Dora, mãe da aniversariante. Buffet do Charlô Whately, delicioso.

Caviar em rodelas de batata, champanhe da viúva, jantar aromático ao curry.

26/5/1992: Ribeirão Preto, terça-feira. Semana passada, dirigindo a Brasília enfrentei pela primeira vez a estrada. Rodovia dos Bandeirantes e depois a Anhanguera. Dirigi com calma, sempre à direita. Levei cinco horas, parando uma vez para café e lanche leve. No sábado, mamãe entrou no carro pela primeira vez comigo na direção. Levei-a ao Carrefour para as compras da cozinha. Mamãe disse: "Com o tempo você vai aprender a dirigir direitinho". Entendi. Lá no Carrefour comprei um serrote e hoje passei a manhã podando e serrando o jardim. Fiquei todo furado pelos espinhos dos compridos galhos da primavera (ou buganvília); há anos sem poda a buganvília emaranhou-se pelo abacateiro, até o topo. Amo meus dias no quintal de mamãe. Podei a amoreira, os hibiscos, podei tudo. Dizem os botânicos que os meses sem "r" são meses de poda, e que maio é o começo dessa estação. Estava tudo muito sombreado e, com o começo do inverno, é melhor desbastar para deixar o sol entrar.

22/8/1992: Ontem de manhã a vizinha, Terezinha, gritou meu nome do outro lado do muro. Minha irmã queria falar comigo. Não temos telefone em casa. Corro na Terezinha, pressentindo boa ou má notícia. Minha irmã raramente telefona. Era má notícia: Celso morreu, disse a Mané. Edmar ligara de Brasília com a notícia. Era pra eu ligar para ele. Ligo, ali da Terezinha mesmo, e Edmar me conta. Ele e a irmã, Teresa, já estavam de saída para Jaú no jatinho cedido pelo senador irmão deles. Edmar combinou de a gente se encontrar no velório. Nem deu tempo para explicar direito à mamãe, que é surda e estava sem o aparelho. Subi, tomei uma ducha, me vesti, corri à rodoviária e tomei o ônibus das 12h30 para Jaú. Duas horas e meia de Ribeirão. No ônibus, chocado com a notícia, fui pensando no Celso e na quarta e última de nossas peças da História do Brasil, que já vínhamos alinhavando, antes de nela mergulhar para valer. Cheguei ao velório. Edmar e a irmã já estavam lá. Edmar contou que Celso morrera à noite, depois de assistir com os três sobrinhos o programa do Jô Soares. Todos já tinham ido pra cama, menos Celso, que tinha por hábito todas as noites antes de deitar-se ritualizar demoradamente a higiene. Escovava os dentes, barbeava-se e tomava banho. Na manhã seguinte, Murilo, o sobrinho caçula, o primeiro a se levantar, foi ao banheiro. A porta estava fechada por dentro. Murilo esperou, mas como o tempo passava e ninguém saia, bateu na porta, chamou, chamou e ninguém respondeu. Preocupado, foi ao quarto do Celso e viu que a cama nem fora desfeita, como se o tio não tivesse dormido nela. Preocupado, Murilo chamou todo mundo. Olinto, irmão de Celso e pai dos rapazes, tinha uma chave mestra. Abriu a porta do banheiro. Celso estava estirado no chão, morto, nu de barriga para cima. O aparelho de barbear no piso, perto da mão direita. Ambas as mãos espalmadas. A aparência era de serenidade. Veio o médico da família. Disse que foi infarto. Celso, aos 63 anos, era um feixe de nervos. Cheio de vida, ágil, rápido, ansioso. Amigo respeitado e querido por muitos, sobretudo de nós – Edmar, Teresa, Vani, Florença e eu – os poucos que viajaram para seu sepultamento. Celso me pareceu bem, no caixão. Expressão grave, mas com uma ponta de ironia num dos cantos da boca. Difícil aceitar. Mas ele estava ali, morto, à nossa frente. O velório foi tranquilo. Cecília, a cunhada de quem ele tanto gostava – Celso me dizia que tinha mais afinidade e assunto com ela do que com o irmão – seria a alma boa que cuidaria de desfazer o apartamento do cunhado em São Paulo etc. Geralmente são as mulheres que cuidam dessas coisas. O irmão, Olinto, mais novo que Celso, me pareceu gente boa. Família bonita, ancestrais oriundos do norte da Itália, mais parecidos com austríacos que italianos. Dos três sobrinhos, até então eu só conhecia o Marcelo, estudante de Letras na Unicamp, e o que tinha mais afinidades com o tio, hospedando-se com ele sempre que ia a São Paulo. No velório seu pai me disse, que dos três filhos Marcelo era o que agora mais o preocupava, porque era muito agarrado ao Celso. Não cheguei a ver a mãe de Celso, dona Matilde, viúva fazia tempo, porque, já muito velha, deixara o velório, indo para casa. Mora com o filho e família. Edmar, que chegou bem antes de mim, esteve com ela e disse que ela estava bem, bonita, e que até o reconheceu, da vez que ele esteve com Celso em Jaú há mais de vinte anos. O fim da cerimônia de adeus, o sepultamento. Profunda tristeza. Contei cerca de 150 pessoas. Amigos da família, conhecidos e parentes. Todos de Jaú. De fora só nós cinco. Dia nublado, apesar de quase primavera, ver o caixão ir fundo até o perdermos de vista, no jazigo da família. E lá para o fundo da terra se foi, o nobre, o homem de hábitos simples e rigorosos, alto, o caminhante a passos largos, empertigado, sempre ligado em descobertas de produtos naturais da botica Veado d'Ouro, que lhe serviam como fonte da juventude, sem levar muito a sério essas descobertas, mas nunca as abandonando no meio do uso, indo sempre até o fim para ver se de fato funcionavam. Tamanha vivacidade deixava em nós, que aqui continuamos, muito de sua energia. E se foi. Senti-me perdido, repentinamente órfão, como se o destino me puxasse o tapete. Nos quase dez anos, por causa do nosso trabalho escrevendo as peças históricas, nosso convívio era diário. Ainda que de personalidades distintas, nosso entendimento intelectual, como escritores e criadores, era total. Sozinho, sem ele, ali mesmo no cemitério decidi deixar inconcluso nosso trabalho. Depois do sepultamento as lembranças. Choramos, rimos, voltamos a rir e a chorar. Edmar e Teresa me ofereceram carona no jatinho, me deixaram no aeroporto em Ribeirão e seguiram para Brasília, onde mora Teresa.

3/9/1992: São Paulo. Vim de Ribeirão Preto estrada afora dirigindo a Brasília. Em São Paulo fui a uma das várias missas que amigos mandaram rezar para o Celso. Fui à da Igreja da Consolação. Era a igreja que Celso tinha por hábito frequentar aos domingos. Lá estavam a poeta Dora Ferreira da Silva, Vani Resende, as idosas irmãs Bruna e Florença (professoras como Celso), o poeta Rubens Rocha Torres e senhora, o psiquiatra Alan Meyer, e dos meus próximos, Vania, Alcyr, Antonio Albuquerque e Cristiane Couto. Quem marcou a missa foi Maria Amélia, uma das amizades da juventude de Celso em São Paulo. À noite fui com Vania ao jantar que Lucila e Jorge Elias ofereciam pelo lançamento do livro de Danuza Leão. Danuza chegou depois, porque antes estivera autografando o livro na Livraria Cultura. Foi jantar sentado. Lá estavam Pinky Wainer e Roberto de Oliveira, José Simão e Antonio Salomão, Attilio e Gregório, Regina Boni e seu atual namorado, Guto Lacaz e alguns outros. O jantar era também pelo livro de Vania, *Personagens femininos*, lançado junto com a exposição, na Galeria São Paulo. Joyce Pascowitch foi a primeira a deixar o jantar, por volta de uma hora. Danuza chegou pouco antes de Joyce sair, quando todos já tinham jantado e já estavam esparramados na sala de estar. Todos se retiraram por volta de uma e meia, mas fiquei, porque Danuza me pegou de conversa e ficamos os quatro, ela, eu e os anfitriões. O livro de Vania e o de Danuza são os acontecimentos da temporada. O de Danuza, *Na sala com Danuza*, é seu primeiro livro. Ela e Vania passaram por todos os programas de televisão. Do Jô ao da Poppovic, e o da Paula

Dip, da Márcia Peltier, do Olavo Mesquita, da Ione e Claudete (as moças da Gazeta), e, claro, o do Amaury Jr. Danuza se recusou a ir ao programa do Clodovil, porque ele está defendendo o presidente Collor em pleno processo do impeachment. Vania foi, não levando a sério esse detalhe do Clodovil. Danuza nos contou que foi convidada a escrever coluna no *Jornal do Brasil*, no *Estadão* e na *Contigo*. Aceitou os três convites. E a conversa foi até quase o amanhecer, quando, feliz, Danuza disse que já era hora de ir para a cama. Jorge Elias ia chamar um táxi, mas ofereci para levá-la no meu carro. Danuza aceitou. E fomos, na minha Brasília. Excitado por estar conduzindo uma lenda viva – e faz tempo uma das mulheres mais famosas do Brasil – errei várias vezes o rumo, e depois de vários erros e arrancadas – parecia que a Brasília tinha vida própria e não me obedecia – e eu pedir que Danuza ficasse *zen*, e ela "Como, zen?", e eu "Fique tranquila que chegaremos lá", quando, na mais íngreme das subidas, faltando cerca de um quilômetro para chegar no hotel onde Danuza se hospeda, o carro morreu. Depois de muita luta, finalmente o tinhoso pegou e chegamos. Desci, abri a porta do carro para ela sair, e a conduzi até a porta do hotel. Danuza me agradeceu, deu um beijinho e, intempestiva, adentrou o hotel. De volta ao carro vi que ela esquecera o isqueiro no assento. Pensei enviá-lo com flores no dia seguinte, mas deu preguiça. Também sou prático. O isqueiro é um Bic lilás. Está comigo. Enquanto escrevo acendo outro cigarro com ele, e penso: "Que mulher fantástica, a Danuza Leão!".

4/10/1992: Domingo. Depois do impeachment, e com o novo presidente em exercício, a nação volta ao *relax* e às eleições para prefeito. Será que o povo aprendeu a votar, depois da lição do impeachment? Não querendo duvidar, duvido. Para o assunto nasci cético. Ontem fui buscar José Vicente, que fazia tempo não via, para uma volta na minha Brasília. José está bem, mas continua em tratamento pela, segundo amigos, incurável esquizofrenia. Passeamos cerca de uma hora e ele pediu que o deixasse em casa. Para prefeito, Zé disse, votou no Maluf. Contei-lhe estar escrevendo meu segundo livro de memórias (*Longe daqui aqui mesmo*) e que no livro ele está muito presente: 1971/1972, Brasil, viagens em navios, Londres, Paris, nós lá. Contei que no livro uso cartas, tantas e belas cartas do período – as de José Vicente as mais brilhantes. E hoje, vinte anos depois, a que fomos reduzidos! Eu ainda estou na ativa, mas José abandonou total. A mediocridade da glória artística, ele largou tudo, feito Rimbaud. Quando muito jovem, antes de ser lançado como talentoso dramaturgo, ainda como poeta, José Vicente teve Rimbaud como modelo e inspiração. E hoje, ao nos despedirmos, sugeri qualquer dia levá-lo a passear fora da cidade. Um passeio ao campo ou à praia. José disse para eu esperar até um projeto dele ser aprovado (fez mistério a respeito), a patente vendida e, com o dinheiro da venda, a gente viajar para algum lugar. Disse fazer questão de pagar as despesas. Isso vai demorar um pouco, acrescentou, para não me deixar ansioso.

13/10/1992: Terça-feira. Ontem, os 500 anos do descobrimento da América. Colombo e tudo aquilo. Terminei de escrever o livro (*Longe daqui aqui mesmo*). Para ser publicado daqui uns três anos. Ainda tem muito trabalho. Notícia da morte de Ulisses Guimarães, ontem. Temporal, o helicóptero caiu no mar, no litoral norte do estado. No helicóptero estavam ele e a mulher, dona Mora, o senador Severo Gomes e dona Henriqueta sua esposa, e o piloto. Mamãe gostava do dr. Ulisses. O nome, Ulisses, me fez lembrar o Ulisses da mitologia grega, que também no mar revolto conseguiu, em dez anos retornar à Ítaca e a sua Penélope, depois da guerra de Tróia. O nosso Ulisses morreu sem ver realizado o sonho de Parlamentarismo. Que momento estranho. A crise no PMDB – a CPI do Quércia – e o massacre dos presos na Casa de Detenção do Carandiru, muitos culpando o governador Fleury como mandante.

25/10/1992: Uma semana no sul, em Canela, para o festival de teatro. Foi o amigo Aimar Labaki, responsável pela delegação paulista, quem me pôs no grupo. E no quarto no Hotel Continental, cinco estrelas, digo a mim mesmo: "Bivar, seja pobre, mas não a ponto de não abrir o frigobar e pegar uma barra de chocolate e um refrigerante". Aconteceu tanta coisa na semana que o jeito aqui é editar. Nydia Guimarães, 63 anos, viúva do escritor Josué Guimarães, vive num lindo condomínio, afastado. Numa reunião em sua casa, Nydia disse que meu livro *Verdes vales do fim do mundo* foi um dos mais bonitos que leu. Nydia passou o livro para a atriz carioca Betty Erthal. No dia seguinte Betty me disse que leu e gostou, mas desconfio que, por causa de tantos eventos no festival, o leu correndo e não gostou tanto quanto Nydia. A linda adolescente gaúcha, Laura Fróes, também leu e gostou muito. Da delegação paulista, Denise Weinberg, também me contou que leu o livro lá em São Paulo e rolou de rir. Achei engraçado as pessoas falarem desse livro agora em 1992, quando o mesmo foi publicado faz tempo, em 1985. O grupo Tapa veio em peso, inclusive a deliciosa figurinista Lola Tolentino, mãe do Eduardo, diretor do grupo, que há ano e pouco encenou *As raposas do café*, peça minha e do Celso Paulini, que ficou ano e pouco em cartaz. De São Paulo também vieram Eva Wilma e Carlos Zara, Paulo Autran e Karin Rodrigues. E a Walderez de Barros. Do Rio, a delegação é poderosa. E Eloína! Ela que foi uma das maiores vedetes da idade de ouro do teatro de revista, pernas e coxas esculturais asseguradas em milhões, Eloína é hoje bem casada, família constituída, e uma das damas da cultura gaúcha. Seu discurso na abertura do festival foi ovacionado. Todos, estrelas e desconhecidos, têm vales e almoçam no salão paroquial da matriz, que é uma igreja em estilo gótico sulista, idealizada por um padre italiano há cerca de quarenta anos. Canela tem mais ou menos esse tempo. Foi Ana Glenda, que mora aqui, quem me contou. Clima de montanha, já é outubro, mas ainda friozinho. A adorável Deyse, gaúcha e da organização do festival, não perde ninguém de vista, tão responsável quanto uma chefe de escoteiros. Adoro a Deyse, apesar de ela não me permitir a menor escapadela. A semana teve dias de sol, calor e chuva. Na minha suíte, antes de dormir leio uma biografia de Yeats e me sinto em Dublin, até embarcar no sono. "O sol da malícia", escreveu Yeats. O festival é intenso e puxado. Três ou quatro peças por dia. Debates, encontros, fiz parte da mesa no debate "O teatro da palavra", com Lauro Cesar Muniz, Aimar, Eduardo Tolentino e o hermeneuta Edélcio Mostaço. Contarei do debate daqui a pouco. Numa das tardes assisti ao espetáculo das senhoras atrizes amadoras da terceira idade. Foi para alunos de treze anos de uma escola daqui. Achei as idosas muito assanhadas e a peça me pareceu um tanto obscena. Como se as atrizes quisessem deixar explícito: "Não é porque somos velhas que não estamos sabendo das coisas". À noite, Eva Wilma e Carlos Zara leram *Cartas de amor*, agora não lembro de quem. Zara se desculpou da atitude homofóbica da véspera, para com o ator Leverdógil, que todas as noites travestido faz, por dez minutos, a *Madame Hortense*, antes do início do espetáculo principal. Foi emocionante ver Zara tomar tenência e se pôr em brios. Leverdógil chorou e os aplausos foram calorosos. Zara foi perdoado (na véspera tinha sido vaiado). No festival tem também uma tenda armada a guisa de circo. Porque é tendência, e voltou à moda o gênero circo-teatro. O espetáculo circense ao qual compareci foi de um grupo argentino em seminua sensualidade. Lindas garotas, e o ator condutor, belo, narinas sôfregas, também quase pelado. A peça em si é que deixou a desejar. De modo que no festival de teatro, teatro é tudo, tudo é teatro. E tanta gente que eu não conhecia, e que certamente não voltarei a ver, na circulação diária e num lugar tão pequeno torna íntimo o convívio, mesmo não guardando nomes. Mas consegui decorar os nomes de Ana Glenda e Berenice Felipetti. E a Deyse, claro. Teve *Medeia*, por um grupo gaúcho. O cenário arrepiou: uma vagina gigante de onde surgiram duas Medeias. E assim foi transcorrendo o Sexto Festival Internacional de Teatro de Canela. O debate do qual participei foi ótimo. Fui bem, mas senti não ter rendido tanto quanto poderia. Para me colocar, depois da empostação inicial do Edélcio Mostaço, falei que minha formação não era acadêmica, mas *pop*. Contei dos sucessos e fracassos da carreira e fiz o público rir. Mais dos fracassos. A mesa, com os outros participantes, durou duas horas e meia. Na saída, Lauro Cesar Muniz disse: "Não imaginava que você tivesse a veia humorística que revelou na palestra". E o espetáculo de encerramento foi pelo grupo Tapa. *A megera domada*, de Shakespeare. Denise Weinberg e Ernani Moraes, como o casal central, mas também Clara Carvalho, Brian Penido, Paulo Giardini, Guilherme Sant'Anna e outros. Foi considerado o melhor espetáculo do festival. Na plateia destacavam-se as lindas argentinas, sentadas na terceira fileira à direita. Também assistindo a *Megera*, com suas senhoras, os dois prefeitos, o que sai e o que toma posse. Madame Hortense, do palco dirigiu-se ao novo prefeito fazendo-o prometer que, ainda na sua gestão, será construído um teatro em Canela. Isso porque, sem teatro, os espetáculos têm acontecido em salas e tendas improvisadas. Na saída segui de perto as argentinas. Ouvi de uma delas, em espanhol, dizer que ainda tinham muita estrada pela frente para chegar ao nível de atuação do grupo Tapa. E antes de cada um tomar seu rumo e voltar pra casa, Aimar Labaki fez todos assinarem uma carta ao atual ministro da cultura, Antonio Houaiss, reivindicando uma lista de coisas das quais o teatro brasileiro está carente.

14/11/1992: São Paulo, sábado. De tanto me ver nas coletivas da dupla sertaneja Leandro e Leonardo, Marilda Vieira, promoter e amiga, sugeriu meu nome à Sunshine, que agora cuida da carreira dos irmãos goianos, para dirigir o novo show deles. Aldo Ghetto, um dos sócios da produtora, telefonou mandando que eu fosse imediatamente lá conversar. Lá, os sócios da empresa e eu conversamos. Aldo e Augusto viram que eu estava por dentro da carreira e do repertório musical da dupla, e ficaram de me chamar depois de conversarem com mais não sei quem. Daí, estabelecido que eu ia ser o diretor, novas reuniões, o encontro com Pedro Ivo, o diretor musical, e com Mario Monteiro, o cenógrafo; eles ouviram e aprovaram minhas sugestões. E finalmente o encontro com a dupla. Leonardo mostrou-se um pouco arisco com as minhas ideias, reclamou um pouco das músicas novas que deveria cantar e dos textos que teria que decorar, mas Leandro, mais fino e comedido, aceitou tudo.

17/11/1992: Terça-feira. Deu hoje na coluna da Joyce, na *Folha de S. Paulo*: "Tudo indica que a fase *country* do elegante Antonio Bivar está apenas começando. Ele foi convidado a dirigir o novo show de Leandro e Leonardo no Olympia. O toque de classe de Bivar incluirá um "Luar do sertão", em que a dupla dividirá os trinados com uma gravação original de Marlene

Dietrich, ao vivo no Copacabana Palace em 1959". Devo esclarecer aqui no diário que a inclusão do número com a Dietrich não é maluquice da minha parte. Acontece que o *boom* sertanejo abalou o reinado elitista e o preconceituoso "bom gosto" da MPB. Daí lembrei-me de quando a Dietrich veio se apresentar no Brasil, no longínquo ano de 1959, a música por ela escolhida para agradar o sofisticado público brasileiro foi a mais "raiz" do nosso cancioneiro popular sertanejo, a clássica composição de Catulo da Paixão Cearense, que faz parte do nosso espírito. E as coisas estão indo. O cenógrafo me disse que o telão a ser pintado com a reprodução da foto de Marlene Dietrich que passei para ele terá seis metros de altura por treze de largura. Os músicos são simpáticos e estão animados. São todos de formação roqueira e será a primeira vez que tocarão com sertanejos.

18/11/1992: Quarta-feira. João Gordo, da banda *punk* Ratos de Porão, veio em casa me entrevistar para o "Folhateen". Adoro João Gordo. Nossa amizade já tem dez anos, desde a explosão *punk* paulistana em 1982, quando ele, adolescente, surgiu como um dos mais brilhantes do movimento.

20/11/1992: Passei algumas horas com Leandro e Leonardo no hotel e eles foram adoráveis. Ao entrar na suíte de Leandro, onde ia rolar a reunião, ao já me ver lá Leonardo exclamou "Bivar!" e me abraçou afetuosamente. Quis saber o que vou "inventar" para ele falar no show. Dei à dupla uma rápida aula sobre Marlene Dietrich. Para simplificar contei que ela foi uma espécie de Madonna no tempo dela de moça. E liberei a dupla para passar dois dias em Goiás com familiares. Já era hora de ir para o aeroporto e Leonardo ficou irritado porque Leandro estava esperando o "tio" – um rapaz que serve de mordomo e segurança do irmão – trazer o par de meias brancas que o irmão mandara lavar. Leandro pode ser sertanejo, mas tem muito de aristocrata. As meias eram para combinar com a calça. Lá embaixo, antes de entrar no carro com o motorista no volante, Leonardo me abraçou e desejou um "Fique com Deus" que me comoveu.

21/11/1992: Sábado. Hoje foi a primeira comunhão de meu sobrinho Rodrigo Bivar. Não fui à missa porque mal dormira à noite. Mas fui almoçar. Mamãe veio de Ribeirão Preto; todos me acharam tenso, mas feliz. Mamãe disse que ia rezar para eu ficar calmo. Ao me abraçar senti a força dessa mãe e trabalhadora braçal. O almoço foi muito bom, feito pelo meu cunhado Dirceu. Mas saiu tardíssimo, quando eu já deveria estar no Olympia acompanhando o ensaio dos músicos. Pedro Ivo, o diretor musical, é pulso firme. E os músicos, ótimos. Faísca, muito engraçado: "A gente ganha pouco, mas se diverte", disse, com verdade otimista.

23/11/1992: Dia feliz. Recebi carta de Andrew Lovelock contando da experiência com uma "witch" de Gales. A função principal dela é energizar. Tiveram um rápido romance, mas Andrew entendeu que ela, apesar de ótima, não podia ficar só com ele porque tinha que energizar outros rapazes. Mesmo assim valeu porque ela o encheu de energia e confiança. Segundo Andrew, energizado ele pode ter o que quiser. De modo que ele alugou no campo, perto de Bath, uma mansão com quatro salas e cinco quartos. Andrew diz para eu ir para lá, que terei um quarto para eu ficar quanto tempo quiser. E que, se eu quiser, ele me apresenta a "witch" para eu também ser energizado. Andrew é um grande amigo. E fui pro ensaio do show. Tudo deu certo. Foi o primeiro ensaio da dupla com os novos músicos.

A mão firme do diretor musical, os jovens músicos, bastante profissionais, e a dupla, perfeita. Hoje o ensaio no Olympia foi das 14h às 22h. Depois fomos para uma sala, Pedro Ivo, Ney do bandolim, Leandro e Leonardo e eu. Rolou um acústico que me emocionou. Os meninos cantaram um monte de músicas de raiz, que aprenderam com o pai, mas que, por causa da imagem e do público ao qual a carreira deles é dirigida, não podem cantar. Um pequeno currículo dos meninos. Os pais, seu Avelino Costa e dona Carmen do Divino Eterno, tinham um sítio em Goiás onde cultivavam tomate. Os garotos, Luís José da Costa e Emival Eterno da Costa trabalhavam no campo, mas eram ligados em música, como o pai. Luís José, mocinho, formou um grupo romântico, no repertório Roberto Carlos e Beatles. Emival, o mais moço, arranjara emprego numa farmácia em Goiânia. O farmacêutico tinha filhos gêmeos, de nomes Leandro e Leonardo. Emival gostou dos nomes e os pegou para a dupla sertaneja que formou com o irmão. Emival adotou o nome de Leonardo, e o irmão ficou como Leandro. E estava formada a dupla. A música sertaneja, desde Chitãozinho e Chororó, estava em alta e a moda era duplas de irmãos. Leandro tinha pouca voz, mas Leonardo possuía voz para os dois, uma voz privilegiada, profunda e afinada, e de uma tristeza perfeita para a conquista do mercado. Depois de um começo difícil, a dupla estourou em 1989 com o *hit* "Entre tapas e beijos", seguido de "Pense em mim", "Cheiro de maçã" e outras, arrebanhando o público feminino jovem e carente, que chora cachoeira ouvindo as frustrações amorosas desse repertório a ele infringido. Hoje a dupla é coqueluche nacional, e já de partida para a conquista do mercado latino. Leandro, aos 31 anos, numa das reuniões na suíte presidencial do Mofarrej Hotel, onde a produção os colocou, me confessou desgostoso com a histeria da jovem plateia feminina. "Isso não é vida", queixou.

A dupla não compõe, mas conta com os melhores compositores da safra sertaneja, de César Augusto a Zezé de Camargo.

27/11/1992: Sexta-feira. Depois do caos e de achar que nada ia rolar direito, dias e noites montando a luz, o cenário com aparência capenga, a resistência da dupla em pequenas coisas etc., "Temporal de Amor" (o nome do show) estreou ontem, com o Olympia superlotado. Antes, no camarim, Leonardo, deitado no sofá e eu sentado num canto, apertou meu joelho e disse: "Bivar, hoje vou me vestir igual a você, paletó preto e camiseta branca, é muito chique". E vai começar o espetáculo. Assisti da cabine de luz. Abriu a cortina, o lindo resultado da iluminação de Nelson Horas com a sensível ajuda braçal do Sílvio, a banda de Pedro Ivo excelente na introdução, a elegância das *backing vocals* – Wanda, Jô e Fátima – vestidas por Fabiana Kherlakian, e a entrada da dupla. E segue até o número com o telão da Dietrich (achei que Marlene ficou meio parecida com Gal Costa), o charme de Leandro e o carisma de Leonardo, inclusive na pronúncia certa do nome da diva (mesmo ele continuando a achar chatíssima essa parte do show), o resultado foi muito bom. A produção só me deu quatro convites para a estreia e consegui uma boa mesa para duas irmãs e meus cunhados.

29/11/1992: Domingo. O show no Olympia começa tarde e fui com Christine Nazareth ver Rita Lee no Palace. Roberto tranquilo, e no bis, o Beto, aos 15 anos, tocando guitarra com alegria e charme adolescente. Depois do show, no camarim, Rita me abraçou, dizendo-se morta de ciúmes por eu tê-la traído com a dupla caipira. Mas disse, também, simpatizar com eles. Convidei-a para assistir ao show, mas ela ficou daquele jeito. Recebeu a Gungun, quando sua personagem infantil se recusa a fazer o que querem forçá-la. Acalmei a Gungun, que ela não precisa ir, e ela ficou contentíssima. Até me deu outro beijo, aprovando minha "sapequice"; e para os que estavam no camarim falou: "Só o Bivar para fazer Leandro e Leonardo cantar com a Marlene Dietrich!". Daí saí feito bala para o Olympia que já estava na hora do show começar. A casa, como sempre, abarrotada. Em sua coluna, ontem, sábado, na "Ilustrada", José Simão escreveu: "Não vou dizer que não gostei do show; as *backing vocals* são maravilhosas. Tive que dividir o camarote com dez tietes ensandecidas, como as três mil outras e o resto da lotação do Olympia". Eu nem sabia que ele tinha ido – foi com a Joyce. E hoje Zezé de Camargo assistiu de camarote. Leonardo do palco pediu luz no Zezé. Eu estava perto e acompanhei a reação de Zezé no número da Dietrich. De fato, o número é lindo. Desce o telão, a iluminação ganha mistério de penumbra, os músicos todos de costas para a plateia, voltados para o telão, começa o violino da gravação da orquestra de Burt Bacharach e Marlene (em inglês), com sua voz morna, sexy e cheia de sentimento, conta o motivo de ter escolhido essa música tão amada do povo brasileiro. Ela começa a cantar, acompanhada "ao vivo" por Leandro e Leonardo, iluminados à frente, no canto esquerdo do palco. Zezé de Camargo me pareceu impressionado com o resultado expressionista. O poeta Roberto Piva, meu vizinho de quarteirão, tem o hábito de telefonar todas as manhãs e ir logo perguntando: "E aí, Bivar, as novidades?". Contei-lhe do número dos sertanejos com Marlene Dietrich, e Piva falou: "É a total subversão de um mundo de valores e tabus". Semana que vem a Sunshine vai, finalmente, liberar convites para meus convidados.

3/12/1992: Quinta-feira. Acabo de chegar do show. Meus convidados começaram a aparecer. Vania Toledo, Paula Dip, Marilda Vieira e Hugo. Roberta Miranda também estava lá. Entrevistada por um canal, ouvi Roberta dizer que o show anterior era melhor. Os meninos hoje estavam ótimos. Leonardo, depois, no camarim, chupou uma manga madura com casca e tudo. Achei linda a atitude espontânea dele. Coisa de quem cresceu na roça. No camarim, antes do show, ele me ofereceu uísque. Garrafa nova. Me passou a garrafa e disse: "Abre você, que não sei abrir". Também não sei, mas não ficava bem falar que não sabia. Dei um jeito, me concentrei e abri.

4/12/1992: Sexta-feira. O dia inteiro no Olympia. Antes da chegada da dupla, Célia Macedo, a administradora, em reunião com a equipe toda disse, em tom apreensivo, que os custos da temporada ultrapassaram os cálculos. Desde a nota preta paga aos músicos da banda anterior, que foram despedidos. Célia também contou que a dupla tem se queixado de que o show está com músicos demais, e que a massa sonora cobre o canto de Leonardo, isso também exige mudanças. O diretor musical, menos irredutível que de costume, disse à Célia que vai atender ao pedido da dupla e voltar aos arranjos originais, mas que o número da Marlene Dietrich continuará do jeito que está até o fim da temporada. E aí chegou a dupla para ensaiar as mudanças. Leonardo ficou mais de dez horas passando o repertório do jeito que ele gosta. Como resultado o show funcionou como a dupla quer e foi ótimo. Mas estou exausto, vou dormir, e conto o resto amanhã.

5/12/1992: Sábado. No *hall*, em conversa com seu Avelino, pai da dupla, ele me disse gostar muito do número com Marlene Dietrich. Dona Carmen, a mãe, também gosta. Hoje, da turma sertaneja em peso assistindo o show, depois, no camarim, estavam Sula Miranda, a "rainha dos caminhoneiros", a dupla Maurício e Mauri (irmãos de Chitãozinho e Chororó), o próprio Chitão – divertido, brincalhão, animou o camarim, já muito animado. César Augusto, que compõe para a dupla e é o produtor de seus discos, também apareceu. Leonardo me apresentou a ele como o diretor do show e disse que já dirigi Rita Lee. Os goianos em peso também estavam lá. Giovanka, namorada de Leonardo, já foi Miss Goiás. Estava muito bonita, num *habillé* preto. O sotaque dela é caipira descontraído, mais parecido com o de Piracicaba que o de Goiás. Daí fui para o camarim dos músicos, onde a reunião costuma ser mais relaxada. Não dá tempo de aprender o nome de todos. O operador do som é Rogério, irmão de Elis Regina; os *roadies* Sombra e Periquito, um dos rapazes da iluminação, e a administradora geral. Era gente demais e voltei ao camarim da dupla para apanhar minhas coisas. Os amigos já tinham ido embora. Leonardo estava fechado na suíte com Giovanka, e Leandro, nu e enrolado numa toalha, conversava com a mãe, dona Carmen. Sinto que ela me aprova como diretor dos filhos. Mãe é mãe. Leandro correu a se vestir. Tinha encontro marcado no Mofarrej com a atriz da Globo, com quem está ficando.

17/12/1992: Quinta-feira. A imprensa está dando a maior cobertura ao show. Na *Veja São Paulo*, assinada por Juliana Resende, saiu: "'Temporal de amor' é o melhor exemplo do pop caipira que tomou conta da música brasileira este ano. O show é dirigido pelo dramaturgo Antonio Bivar e o deleite é um só, quando os irmãos goianos entram no palco e soltam a voz. Dono de uma garganta possante, Leonardo faz a linha descontração esporte fino, enquanto Leandro, em terno e gravata, permanece impecável à viola. Para entoar 'Pense em mim', 'Entre tapas e beijos', 'Cadê você', e outros exemplos açucarados, os dois contam com uma competente *big band*. Do regionalismo puro eles saltam para uma homenagem à Marlene Dietrich formando um trio em 'Luar do sertão'".

Rita Lee foi assistir o show. Depois foi ao camarim cumprimentar a dupla. Leonardo me abraçou e disse "O meu diretor". E Rita, também me abraçando, falou "O nosso diretor". Disse que chorou no número da Marlene Dietrich. Rita não se segura e, "recebendo" a endiabrada menina Gungun, diz que da dupla gosta mais do Leandro, "ele é mais misterioso".

19/12/1992: Sábado. Última noite de "Temporal de amor". Mas, como antes a dupla tinha um show extra em Barueri, e o do Olympia certamente ia se atrasar, deu tempo de eu correr ao Anhangabaú para a noite de shows grátis para o povão, no palco armado a céu aberto. Muitos já tinham se apresentado. Demônios da Garoa, Ney Matogrosso, Caetano... Cheguei no show do Gil já adiantado, e depois, no próprio palco, assisti à apresentação de Rita até a metade. No show dela, além do Roberto, tocou Sérgio Dias, Marisa Monte fez um duo com Rita, que também cantou duas músicas com Lucinha Turnbull e uma com Gil. Emocionante. Mais tarde Rita ia dar jantar para todo mundo e falou para eu levar Leandro e Leonardo. Corri pra casa, banho e táxi pro Olympia. Num camarote próximo ao palco, Patricio Bisso assistiu ao show; estava com ele uma amiga francesa que trouxe champanhe e pediu ao garçom balde com gelo e taças. Eu estava louco para ouvir a opinião de Patricio sobre o número da Marlene Dietrich. Mas show no Brasil às vezes não sai do jeito que o diretor espera e nessa noite aconteceu o que até então não tinha acontecido: o telão com a cara da Dietrich esgastalhou na descida, um dos lados ficou preso, e o outro lado desceu menos da metade, só aparecendo os olhos da Marlene. Mas a dupla aguentou até o final do número que, para minha surpresa foi aplaudidíssimo. Bisso pensou que era para ser assim mesmo e adorou. Depois fui ao camarim. Leandro pediu que eu o desculpasse com Rita por não ir ao jantar dela e entendi. Os meninos estavam exaustos pelos dois shows que tiveram nessa noite, de modo que fomos para o jantar de Rita, eu, Bisso e Célia Macedo. Na Rita todos aguardavam a dupla sertaneja e ficaram decepcionados por eu não ter levado os irmãos. Caetano e Gil me abraçaram, efusivos. Fazia tempo que a gente não se via. Estavam lá Vania, Maria Paula, Marisa Monte, a Flora do Gil e a Paula do Caetano, assim como Arnaldo Antunes, os músicos de Rita, alguns da trupe dos baianos, e outros que agora me fogem. Gil em conversa comigo defendeu os valores inerentes de cada artista e o direito ao próprio estilo. Ali mesmo lembrei que a própria Lúcia Veríssimo, presente, também andava atuando na área country, criando cavalos de raça e até muito amiga da Roberta Miranda.

27/12/1992: Uma semana em Ribeirão Preto para a temporada de Natal e Ano-ovo com a família. Corria tudo normal até o almoço natalino, quando Leopoldo, irmão mais velho (58 anos), apareceu. Cabelos longos, barbudo, sem camisa e descalço, só com a bermuda cheia de *patches* que ele mesmo costurara. Veio com um amigo, um moço bem vestido, que o trouxe de carro. Cara de gente boa, simpático, comunicativo, Osvaldo se apresentou e disse "Hoje estou de motorista do Leopoldo". Daí, Leopoldo, que sempre curte causar algum desconforto, de chofre soltou essa: "Eu não ia falar, mas agora vou. Osvaldo é nosso irmão, filho de um caso extraconjugal do papai". A brusca revelação de que Osvaldo era filho de nosso falecido pai, portanto um novo membro da família, causou a esperada reação, ainda mais que, para surpresa geral, Osvaldo não desmentiu. Leopoldo deu jeito de fazer mamãe, surda, entender que Osvaldo era filho de seu marido. Mamãe fez Leopoldo repetir.

Quando entendeu, em vez de ter o esperado treco com a revelação, demonstrou o mais alegre espírito natalino, fez questão de cumprimentar Osvaldo e lhe dar boas-vindas, chamando-o à copa para alimentá-lo de acordo com a farta mesa, inclusive o cabrito, que ela mesma preparara com esmero e que fazia sua fama de excelente cozinheira.

29/12/1992: E agora o Rio de Janeiro. Viagem rápida. Fui e voltei no mesmo dia. Foi ontem. Ponte aérea. Às 19h30 no Santos Dumont uma moça chamada Elza, da Secretaria Municipal de Cultura, me apanhou e fomos diretos ao Teatro Carlos Gomes, na Praça Tiradentes. Lá já estavam o Carlos Eduardo Novaes, Secretário da Cultura e a ex-vedete Virgínia Lane que, por morar em Piraí, teve mordomia da Secretaria, que mandou uma viatura apanhá-la em casa. Sendo os primeiros, Virgínia e eu engrenamos um papo. "Estou muito bem, como você pode ver", disse ela, "muito saudável" (baixou o decote e mostrou o rego dos seios, e as coxas, o vestido preto, longo, aberto em duas nesgas laterais). Virgínia deve estar beirando os 70, mas ainda desfrutável. "É que o lugar onde moro ajuda; tem espaço, piscina, jardim, pomar, é montanha..." Que animada, a baixinha! Virgínia Lane surgiu na década de 1940 e não demorou já era "A Vedete do Brasil", inclusive a favorita do presidente Vargas. Virgínia era uma dos homenageados da noite solene da reinauguração do Teatro Carlos Gomes. O antigo teatro, inaugurado em 1872 com nome francês – dizem que dom Pedro II sofreu um quase atentado na porta – e desde 1905 como Teatro Carlos Gomes. Quando, na década de 1950, nele Virgínia Lane (então a "Rainha dos Bombeiros") atuava na revista "S.O.S. Bombeiros", o teatro pegou fogo, salvo em tempo, claro, pelos bombeiros da vedete. E Virgínia vai contando suas histórias. Nisso chegam Paulo Gracindo com o filho Gracindo Júnior, e

Grande Otelo com uma linda acompanhante negra e jovem, de peruca loira; e logo a Dercy Gonçalves e a filha Dercimar. Esta, avistando Virgínia Lane, correu a beijá-la dizendo "sósias", apontando para si mesma e para Virgínia. De fato, são bem parecidas. Dercy, uma *lady*, de bengala cravejada, trajava um longo preto com salpiques brilhosos nos ombros e na gola. E num tom de mulher finalmente amadurecida e tranquila, falou para todos ouvirem: "Trabalhei em todos os teatros da Praça Tiradentes", e voltando-se para Virgínia Lane, "mas nunca fui puta", fazendo Virgínia sorrir de crista baixada.

E chegou Walter Pinto, chegou Eva Todor acompanhada de Maria Pompeu que, sendo de todos a mais jovem, e minha conhecida, logo me cumprimentou: "Fiquei feliz por a peça de vocês terem vencido o concurso para a reabertura do Carlos Gomes. Fiquei triste com a morte do seu coautor". Celso morreu antes da notícia do resultado, e ali estava eu, me sentindo órfão sem ele. E a Pompeu: "Lembre-se que é concurso, vocês ganharam, e a peça terá que ser montada na próxima administração". Porque essa era a última semana de Marcelo Alencar como prefeito e suas secretarias; César Maia toma posse na semana que vem. E Maria Pompeu continuando: "Porque o prêmio é oficial e a peça, por direito, tem que ser montada. Você vai falar?". E eu: "Devo?". E ela: "Deve. Diga, então, que com certeza a próxima administração vai honrar o compromisso assumido". Pedi para a Pompeu repetir até eu decorar – e a todo momento, até o início da solenidade, dada à minha dificuldade em decorar, eu corria atrás dela para bater o texto. Mas, como tudo deslumbrava nessa noite icônica, eu estava mais era encantado com essa reunião de lendas vivas. E chega Renata Fronzi. E logo a seguir a Bibi Ferreira, enquanto o repórter da TV Globo me entrevistava. Na plateia sentei-me ao lado de Aderbal Freire Filho. Começou a solenidade e a entrega das placas aos que já tinham brilhado no palco desse teatro. Cada um que subiu ao palco para receber sua placa, depois do aplauso, contou histórias ligadas à suas passagens pelo teatro. A primeira chamada foi Bibi Ferreira que, depois de um pequeno e brilhante discurso sobre suas experiências no Carlos Gomes, pediu desculpas e foi embora. E todos falaram. Dercy soltou alguns palavrões ("porra" etc.). Virgínia, Otelo, Lousadinha, Gracindo, Eva Todor, Walter Pinto... Todos lembraram suas passagens nesse teatro. Depois deles fui chamado para ser homenageado como vencedor (com Celso) do concurso e receber a edição em livro de nossa peça vencedora, *Enfim o paraíso*. No palco falei do Celso e de como ele ficaria feliz com o prêmio, a ideia de nossa inscrição no concurso fora dele, e pedi desculpas ao público por não me lembrar do texto ensaiado com Maria Pompeu. E a Pompeu, da plateia levantou-se: "Ora, Bivar!". E entre brava e divertida falou por mim o texto que me ensaiara. Foi brilhante, muito aplaudida. Depois foi a vez do prefeito. Simpático e emotivo, Marcelo Alencar mandou bem e chamou ao palco todos os seus secretários presentes. Política é uma coisa muito interessante, constatei, faz a gente refletir quando calha no instante certo. Carlos Eduardo Novaes lembrou que os quase duzentos operários que restauraram o teatro também estavam presentes na plateia. Pediu que ficassem de pé e foram ovacionados. Depois da solenidade, muitos se retiraram e outros ficaram para os salgadinhos, doces e bebidas. Agradeci a Maria Pompeu e fui, por ela, apresentado a Helena Severo – ela me garantiu que a peça será encenada durante o mandato do novo prefeito. "A peça é muito boa", disse. (Nota: mas não foi encenada; no ano seguinte, quando procurei a Secretaria de Cultura cobrando a encenação, fui informado que a verba para cultura estava baixa e que a peça infelizmente não seria levada ao palco do Carlos Gomes.) E a mesma viatura que me buscara me levou de volta ao Santos Dumont em tempo de pegar a última ponte aérea, às 22h30, carregando dois pacotes contendo 200 exemplares de *Enfim o paraíso*. Mas isso foi ontem, hoje liguei para a família do Celso em Jaú e falei com Marcelo, seu sobrinho. Contei-lhe da festa no Rio e pedi seu endereço para enviar um exemplar do livro e que, quando ele vier a São Paulo, entregar-lhe um dos pacotes da peça.

18/1/1993: São Paulo, segunda-feira. Primeiro registro do novo ano. Cheguei de doze dias com familiares na praia do Félix, Ubatuba. Num dos dias fomos, inclusive a mãe, no barco de Dirceu, meu cunhado, à ilha do Promirim. Mamãe de bermudas, animada, subiu no barco com a ajuda de um neto. Na ilha, depois de caminhar descalça pela areia apreciando tudo, sentou-se num tronco caído, à sombra da castanheira, encantada com a natureza. Aos 84 anos, mamãe continua com alma de menina, na sua genuína pureza e seu amor à vida. A água, a mais transparente; a areia, a mais branca. E mamãe, feliz e sem medo até se comunicou com um macaco, que dela se aproximou. O macaco ficou ali ao lado dela, que o alimentou com biscoitos de polvilho. E ali permaneceu, até deixarmos a ilha.

20/1/1993: São Paulo. Recebi um cartão-postal do Joel Grey, o ator americano mais conhecido por sua imortal atuação como o animador, no filme *Cabaré*, com Liza Minnelli, de 1972. Joel veio a São Paulo ano passado desempenhando o papel central em um espetáculo de Bob Wilson no Teatro Municipal. Foi Christine Nazareth que, em Los Angeles, deu a ele meu telefone; e fez-se a amizade. No cartão, Joel conta que atualmente atua em shows num cruzeiro marítimo, e termina o texto: "*I hope you are happy and busy living fully this AMAZING life. Happy New Year with affection. Abrazos*, Joel".

25/4/1993: São Paulo, domingo. Meu aniversário, 54 anos. Almocei na Heloisa, minha irmã. Dirceu, meu cunhado, fez o almoço. À noite, a convite de Rita e Roberto, fomos, com Vania, jantar no Yamamoto, na Liberdade. De Rita ganhei um CD duplo de Fred Astaire e uma medalha de Santo Antônio. Rita, ao modo dela, é muito católica. Do jantar fomos para sua residência. Rita disse que adoraria que eu fizesse uma letra pro Roberto musicar, para o novo disco. Farei. Mas a verdade é que meu pensamento já não está mais aqui, e sim na viagem a Londres, marcada para 14 de maio. É a passagem da Air France pelo prêmio Molière, de melhores autores do teatro paulistano em 1990, Celso e eu. Na divisão do prêmio, Celso ficou com o busto de Molière e eu com a passagem. O passaporte é novinho em folha, válido até 2003. Sinto, não sei se mudança, porque a gente não muda, mas algo ligado a uma radical evolução. É coisa séria e tem a ver com a minha jornada de eterno aprendiz.

19/5/1993: Londres, quarta-feira. De São Paulo, dia 14, o voo atrasou cinco horas. Mas o assento, na classe executiva, foi confortável. Em Paris, mais duas horas de espera para a conexão. Ouvi meu nome. Era Carlos Sion, produtor de discos e empresário, meu conhecido. Carlinhos ia a Londres cuidar do show de Alceu Valença marcado para dali a meses. Em Heathrow me esperava o Sebastião, velho amigo e musicólogo. Senti vergonha por ele ter ficado ali me esperando mais de sete horas. Mas ele mostrou-se feliz de me rever e me hospedar. No seu *basement* em Notting Hill tem sempre um quarto para mim. E combinamos ali mesmo no aeroporto deixarmos a bagagem em casa e, ideia minha, irmos à Brixton Academy assistir o novo grupo Suede, muito elogiado. No voo da Air France, no jornal *Libération* tinha um artigo elogiando o Suede. Brett Anderson, o vocalista, é mais um *poseur* com atitude. A novidade é que ele é muito jovem e gay assumido, mas, segundo ele em entrevistas, ainda virgem. E nesses quatro dias em Londres já fui e já vi tanta coisa cultural, tendo nem tempo de me deslumbrar. O filme *Orlando*, de Sally Potter, o *Wittgenstein*, de Derek Jarman, almocei no Govinda, comprei sete livros e o número nove da *Modern Review*, cujo moto é *"low culture for highbrows"*. E ainda fui a uma palestra sobre Jacques Derrida, por Geoffrey Bennington. Ele é o autor do novo livro sobre Derrida, na lista dos dez mais vendidos no gênero filosofia. O Desconstrutivismo, me parece, está em alta. Geoffrey conta que Derrida descobriu que *"the same"* não é o mesmo que *"identical"*. Filosofia é isso? Então somos todos filósofos. Há 23 anos José Vicente já me fazia entender: "Somos semelhantes, mas não somos iguais".

Desta vez vim passar dois meses e meio na Inglaterra, preparado para que algo extraordinário me aconteça. Nesse primeiro sábado fui de trem a Lewes e dali de táxi à Fazenda Charleston. A casa da fazenda estava para alugar e foi descoberta por Virginia Woolf numa de suas caminhadas solitárias pelas colinas dessa região de Sussex. Virginia avisou à irmã, a pintora Vanessa Bell, que estava à procura de uma grande casa no campo para ela, o marido Clive Bell, os filhos crianças, seu amante, o pintor Duncan Grant e o namorado deste, o jovem escritor David Garnett, e o economista Maynard Keynes. E alugaram a casa, em 1916. Depois que Duncan Grant, o último habitante, morreu, em 1978, aos 93 anos, a casa estava em estado deplorável, mas tão charmosa e artística, que a família Gage (real proprietária da casa até então alugada) e uma herdeira do *Reader's Digest*, investiram financeiramente em seu restauro. Com o trabalho de restauro pelos artistas vivos do grupo, desde a reinauguração em 1992, Charleston é aberta à visitação pública, como centro de arte e estudos do grupo de Bloomsbury. É uma charmosa casa campestre cheia de encanto e magia, pelo que transmite de história e vida bem vivida com arte e ócio criativo. Foi minha primeira visita ao lugar. A Monk's House, casa de Virginia e Leonard Woolf, ali perto, em Rodmell, conheci em 1991. A casa dos Woolf é uma casa de escritores; Charleston, a casa de Vanessa Bell e seu grupo, é uma casa de artistas. E ali na lojinha apanhei o folder sobre a Summer School (Escola de Verão), que acontecerá na semana de 4 a 10 de julho. Estou disposto a fazer de tudo para ser aceito como aluno.

11/6/1993: Londres, sexta-feira. Fui à Tate Gallery ver a exposição "Paris Post War, Art and Existencialism, 1945-1955". Abrangente. Da arte tem Giacometti, Dubuffet, Van Velde, Jean Hélion e Picasso. Das letras, um manuscrito de Simone de Beauvoir, cartas de Sartre, quase uma sala inteira com os *déssins-écrits* de Artaud, cartas e rabiscos de Boris Vian, Albert Camus, Genêt, Samuel Beckett, primeiras edições etc. E Juliette Gréco. E Jacques Prévert, as caves e os cafés, tudo muito evocativo e interessante. E assim tem sido meus dias. Cultura, cultura, cultura. Vi Maggie Smith no Aldwych interpretando a Lady Bracknell em "The Importance of Being Earnest", de Wilde. E fui passar temporada no campo, com Andrew Lovelock numa casa de fazenda que ele alugou em Westbury, Wiltshire. Andrew agora está casado com Tabitha, uma linda negra do Zimbabwe, que ele conheceu e se apaixonou, viajando de Ecstasy numa *rave* há cinco anos. Passando férias na casa, Rory, 14 anos, filho de Andrew com Carole, e Anesu, um pouco mais novo que Rory, filho de um casamento de Tabitha no Zimbabwe, assim como David, irlandês amigo de Tabitha, e que tem, lá na Irlanda, um irmão no IRA. David me contou, mas pediu para eu não contar ao Andrew (como se Andrew já não soubesse). Foram ótimos os dias, passeamos bastante de carro pelas redondezas, visitas a conhecidos etc. Num dos dias, Andrew foi devolver seu filho à mãe dele, Carole, em outro vilarejo perto. Carole, que eu não via há doze anos, perguntou: "Você casou, Bivar?". E eu: "Não". E ela: "Eu também estou achando bem melhor não estar casada". Adoro o humor cáustico de Carole, que disse a Andrew que o prefere de cabelos curtos. E que talvez agora, mais maduro, ele acerte no casamento. É o quarto casamento de Andrew. O terceiro fora com ela, Carole.

Outro lugar que não posso deixar de ir é Glastonbury. Loppy escreveu a Bruce Garrard que a visitei em Salisbury e ele quer saber se vou visitá-lo. Andrew me levará. São amizades fiéis, de mais de 23 anos, desde meu primeiro ano na Inglaterra. Eram todos adolescentes e me acolheram, em 1970, quando eu, aos 30 anos, estava meio perdido no exílio. Todos estão presentes em *Verdes vales do fim do mundo*, meu livro de memórias daquele ano.

Nos dias na fazenda com Andrew, David me ajudou a ser aceito entre os 21 participantes: acadêmicos, estudantes e especialistas no Grupo de Bloomsbury, na Escola de Verão na Fazenda Charleston. O irlandês ligou para lá e explicou quem era o interessado em participar, eu. Fiquei encantado com o desempenho convincente de David; ele me surpreendeu como ator fantástico, na elocução e no sotaque *high class* britânico. Fui aceito. David anotou como devo fazer o primeiro pagamento adiantado, para garantir meu lugar. Em Londres, do Consulado Brasileiro, onde trabalha, Sebastião também reforçou, num telefonema a Charleston. Quando, de lá, perguntaram se eu, sendo brasileiro, meu inglês é bom o bastante para acompanhar as aulas, exercícios, palestras e conversação, Sebastião foi honesto e disse que meu inglês é *"rusty"* (áspero), mas que entendo tudo. E acrescentou que, embora autodidata, sou um devoto estudioso de Virginia Woolf e do Bloomsbury. Fui aceito. Sebastião ajudou-me a enviar a ordem de pagamento para assegurar meu lugar. A Summer School começa em quatro de julho, de modo que ainda tenho umas três semanas para me preparar. E tempo de sobra, também, para outras culturas. Fui à palestra de Greil Marcus numa livraria em Camden Town. De formação acadêmica, o americano é o mais respeitado crítico de rock dos dois lados do Atlântico. Greil Marcus está em Londres lançando seu novo livro, *Fascist Bathroom: writings on punk, 1977-1992*. Na sala umas 40 pessoas, inclusive *punks* letrados. Nas perguntas, Derrida e Camile Paglia foram citados. Marcus disse que foi comparado a Derrida, mas nunca o leu. Um *punk* perguntou se o rock está morto. Marcus respondeu que no passado muitas vezes pensou que sim, principalmente com o advento da MTV, mas que agora, que está "velho", já não pensa assim. Gostei da palestra e do debate, mas não comprei o livro. E para estar melhor municiado para a Escola de Verão em Charleston, fui à Tate Gallery ver com mais atenção as telas dos modernistas de Bloomsbury – Vanessa Bell, Duncan Grant e os da geração, de algum modo com eles relacionados, como Stanley Spencer, Augustus John, Gwen Raverat etc. E tomei o ônibus para passear em Acton, bairro onde morei em 1972. Ali dividi com José Vicente uma cobertura na Cumberland Road. No topo da colina a mansão continua firme em sua imponência vitoriana, sem muro no seu descuidado jardim. Admirando-a da calçada, na memória passou todo um filme dos meses ali vividos, há 21 anos (e que conto em "Longe daqui aqui mesmo"). E tendo bastante tempo antes do início da Escola de Verão, semana que vem vou com Sebastião passar cinco dias em Paris, hóspedes de amigos.

20/6/1993: Paris, domingo. Luís Henrique Saia, que me hospeda e mora nas proximidades, me levou ao Cemitério de Montparnasse, que eu não conhecia. É menor e menos espetacular que o Père-Lachaise, onde residem os restos mortais de Oscar Wilde e tantos imortais. Nele, há duas décadas, visitei o túmulo de Jim Morrison, assim que morto e sepultado, antes que os vermes o devorassem. O Cemitério de Montparnasse é mais simples, mas nem por isso menos surpreendente. Nele, Sartre e Simone de Beauvoir, Baudelaire no jazigo da família, Jean Seberg (morta há catorze anos) e outros queridos. Flores de cerâmica, de plástico e naturais. No túmulo de Samuel Beckett e sua mulher, Suzanne, morta antes, mas no mesmo ano, 1989, tinha algumas rosinhas recém-depositadas. Instintivamente fui a um túmulo com canteiro de gerânios, apanhei dois ramos e levei ao túmulo dos Beckett. E passamos pelo de Serge Gainsbourg. Nele, em vez de flores, algum fã deixou um maço de Gitanes. Apanhei dois cigarros e levei ao túmulo de Baudelaire, que também fumava muito. Luís Henrique, mais ligado em cinema, estava ansioso para descobrir o túmulo de Maria Montez, que há muito tempo morrera numa banheira e fora sepultada no Montparnasse. Descobrimos. A "rainha do technicolor" hollywoodiano não tem um túmulo só dela, como era de se esperar. Seus restos mortais estão no jazigo da família de seu marido, o ator Jean-Pierre Aumont, na ala judaica do cemitério. E assim foram os dias na Cidade Luz. Visitas nostálgicas ao passado em que nela vivi e um pouco de ansiedade para que esses dias de Paris passem logo, que tenho mais o que fazer em Londres.

2/7/1993: Londres, sexta-feira. Recebi pelo correio a programação da Escola de Verão na Fazenda Charleston. Os nomes dos mestres e famosos que dela farão parte, e seus concisos currículos. E a lista dos 22 estudantes participantes, de onde vêm e suas ocupações. Em ordem alfabética, meu nome é o primeiro da lista, o único brasileiro e latino-americano. Alguns destaques da programação: Michele Roberts, romancista premiada e indicada ao último Booker Prize, será nossa professora nas aulas e exercícios de escrita livre; Frances Spalding, biógrafa e autora de vários livros sobre o Grupo de Bloomsbury, estará conosco durante a semana; em Charleston teremos encontro com o poeta Stephen Spender e com Roberto Skidelsky, biógrafo de Maynard Keynes; teremos também o dia de pintar no estilo de Bloomsbury, com o artista Robert Campling; e no estilo peripatético de Aristóteles, teremos aulas guiadas aos lugares históricos que fizeram a legenda do grupo. Nesse departamento nossos guias serão Richard Shone e Peter Miall. Shone é um dos importantes críticos de arte em função atualmente na Inglaterra. Especializado no Bloomsbury, foi grande amigo e preservador das obras de Duncan Grant em seus últimos anos. E Peter Miall nos levará a Knole, no condado de Kent, que será só nosso, no dia programado. Com seus 365 quartos, Knole é considerada a maior residência baronial do Reino Unido. Nela Mary Stuart recebeu sua sentença de morte (está no texto do programa). Inspirado no lugar, Virginia Woolf em 1928 publicou *Orlando*, quando Knole ainda pertencia aos últimos remanescentes Sackville-West, e Vita Sackville-West, musa inspiradora dessa biografia-fantasia, e com quem Virginia tivera um caso sentimental, a última herdeira, e por ser mulher, e mulher pela lei não podia, o lugar foi tirado da dinastia Sackville-West passando ao domínio do National Trust, que o explora turisticamente. No mesmo dia iremos ao encontro de Nigel Nicolson (filho de Vita e Harold Nicolson) ao Castelo de Sissinghurst, onde os pais viveram e ele agora vive; e muito mais, incluindo igrejas e cemitérios onde alguns estão enterrados. E depois dos estudos de cada dia, os passeios livres pela região e seus pubs; de todo esse rico programa, para mim o mais excitante está reservado para o penúltimo dia, a visita à residência de Quentin Bell e sua mulher, Anne Olivier Bell, no vilarejo de Firle, a uma caminhada da Fazenda Charleston. Anne Olivier é a editora dos cinco volumes do Diário de Virginia Woolf, e Quentin sobrinho da escritora, com quem conviveu intimamente durante trinta anos, desde seu nascimento até o suicídio da tia, e autor de sua primeira biografia. De modo que fiz a mala com roupas e calçados próprios, de acordo com o sugerido pela organização, lembrando que a escola acontece no campo e no verão. Antes de para lá tomar o trem já me sinto o primeiro aluno da classe.

POSFÁCIO

Sou, por natureza, singelo. Espontâneo, mas meticuloso. Tranquilo, mas obstinado nas paixões. Naquele verão inglês de 1993, ano em que termina este *Perseverança*, eu estava apaixonado por aquela Arcádia e sua gente, vidas e artes, amizades e amores, alegrias e dissabores. Vinte e cinco anos depois, na tradicional reclusão, consegui, com surpreendente facilidade e amadurecimento, escrever este quinto volume da autobiografia a que me propus, quando ainda jovem tive a certeza de que o vivido, ainda que condensado, valia o esforço de ser contado em livro. E muito me apazigua o fato de o sexto volume da autobiografia, e que segue imediatamente a este quinto, já estar escrito e publicado pela editora A Girafa, 2005, sob o título *Bivar na Corte de Bloomsbury* (título dado pelo editor Pedro Paulo de Sena Madureira). O livro, embora não mais em livrarias, sei que tem sido encontrado em sebos e na Estante Virtual, que é uma das modernas livrarias *on-line*. Em suas extravagantes 500 páginas – pecado cometido na imaturidade de quando escrito – o livro segue cronologicamente a este, indo de 1993 a 2004. Nele conto, com exagero de detalhes, não só a magia daquela minha primeira Escola de Verão, mas também meu retorno anual à Fazenda Charleston, com seus cursos e festivais, até o ano em que se celebrou o centenário do Bloomsbury, com o *gran finale* que foi o jantar de gala no King's College em Cambridge, jantar ao qual tive a honra de ser um dos 100 convidados. Nessa festividade hospedaram-me num dos quartos do mesmo King's College onde estudaram os rapazes que, com Virginia Woolf, a irmã Vanessa, e alguns chegados, na residência deles, no bairro de Bloomsbury, deram em Londres o grito de largada rumo ao que ficaria conhecido como Grupo de Bloomsbury. O grupo ganharia fama como os modernistas ingleses, numa época em que a vanguarda do planeta civilizado só pensava em Modernismo. Mas o sexto volume não se detém apenas em Virginia Woolf e seu grupo, e já que autobiográfico, tem, também, outras vivências interessantíssimas durante aqueles anos, tanto no Brasil como no estrangeiro, chegando mesmo à Patagônia. Mesmo nas longas e minuciosas passagens, por vezes "maçantes", reconheço, o trabalho teve excelente aprovação da crítica; um dos críticos escreveu que só pela narrativa da morte de minha mãe (em 2000), o livro valia pena. Por esse capítulo o crítico me comparou a Deleuze, que até então eu só conhecia de nome. É que aos 66 anos eu ainda tinha muito que aprender. E também não estava amadurecido para a concisão, como agora, aos quase 80, me acho. Na atual idade penso que livro deve ser leve, para ser lido na cama, confortavelmente na horizontal.

JOSÉ CARLOS HONÓRIO
ENTREVISTA ANTONIO BIVAR

JCH: O que te levou para a literatura e há quanto tempo escreve?

AB: Na escola sempre fui mau aluno, mas sempre bom de redação. Meu pai era perfeito na elocução, acho que isso me influenciou, sempre fui bom de ouvido. E sempre gostei de ler.

JCH: Sua família era de leitores?

AB: Minha mãe e uma irmã liam muito. Meu pai não lia, mas aconselhava livros. Vivia mandando eu ler Jerusalém libertada, de Torquato Tasso (1544-95).

JCH: O que o livro te trazia na infância?

AB: O livro me levava para outros mundos. Livro sempre foi meu melhor amigo.

JCH: E os amigos de verdade?

AB: Na infância e primeira fase da adolescência tive ótimos amigos. Vivia num lugar pequeno, de grande vastidão territorial, mas de pouca gente. Vida campestre. Desde os seis anos tive minha turma. Íamos nadar no rio, passear no bosque, aventurar. Vivi intensamente meus verdes anos, com muito gosto e liberdade. Até os quinze anos era isso; depois a família mudou de lugar e me adaptei à mudança.

JCH: Por que teve de mudar?

AB: Coisa do meu pai. Meu pai era um não conformista. Achava que havia lugares melhores que aquele onde estava, daí procurava outro, e a família tinha que acompanhá-lo. Por isso tive uma vida nômade, o que enriqueceu minha formação. Anos depois, já fora de casa, assim que pintou aquela coisa de carona, nos anos sessenta, embarquei na mochila e saí pro mundo.

JCH- Insatisfeito com alguma coisa?

AB: Insatisfeito, que nada! Era aquela coisa pobre, mas maravilhosa: conhecer in loco a geografia e o ser humano. Na época da contracultura, na segunda metade da década de 1960, rolava um novo convívio social que misturava as classes, indo da alta burguesia ao lúmpen. Foi bom pra classe média, e pra mim matéria de aprendizado.

JCH: Matéria pra quê, para escrita?

AB: Matéria pra tudo, pra conhecer, refletir, vivenciar o humano, o existencial. Na minha estreia como autor teatral os críticos foram unânimes em reconhecer na minha primeira peça, Cordélia Brasil, minha melhor qualidade, a compaixão do autor pelos personagens.

JCH: O que é compaixão para você?

AB: Eu sei, mas não sei explicar [riso].

JCH: Se espelhar no outro e o entender?

AB: Exatamente isso, entender a alma do outro, aceitando-a como ela é.

JCH: Sua família te lê?

AB: Lê, mas sem o entusiasmo dos outros leitores. Aquela coisa de "santo de casa". Mas eu não escrevo para a família.

JCH: Você escreve para quem?

AB: Escrevo primeiro para mim mesmo, para meu bel prazer, digamos. E para os outros, como quem escreve carta aberta aos leitores. Tem quem goste. Também tenho tanta coisa pra contar, só faltava não gostarem. E sempre gostei de escrever cartas. Tenho um baú de cartas; são respostas às cartas que escrevi. Pena o correio ter caído em desuso. O hábito de escrever cartas virou coisa do passado. Hoje é tudo online. E-mail, whatsapp, twitter, messenger, facebook, instagram. E tudo acaba no lixo virtual. E não adianta chorar sobre o leite derramado. Rimbaud já mandava a gente ser absolutamente moderno.

JCH: Como era para você lidar com o sentimento do outro?

AB: Nunca entendi porque as pessoas dramatizam tanto a vida. Eu tinha, e tenho, mil motivos para dramatizar. Só que não supervalorizo esses motivos. Acho tudo, parodiando Shakespeare, "muito barulho por nada". Lembro dos filmes que vi na adolescência. Gostava mais dos títulos. "O que a vida me negou" era um desses títulos. Na época esse título me dava medo, mas eu achava lindo.

JCH: A vida te negou, e não te deu, nem dá nada?

AB: A vida me negou um tanto, mas outro tanto ela me deu – e me dá – em abundância.

JCH: Quando você notou que tinha esse traço humorista?

AB: É um pendor inato. Sem sarcasmo, mas com uma pureza, um olhar irônico. Minha mãe tinha um lado engraçado que me era encantador. Mas ela e minhas irmãs me repreendiam quando eu passava dos limites, nas críticas.

JCH: Quase um caricaturista...
AB: Eu não tinha pensado nisso, mas sim, pode ser. Uma simpatia irônica pelo diferenciado.

JCH: Um aspecto de sua personalidade bastante interessante é o assemelhar-se com o outro.
AB: Sim. Existe essa identificação. Posso me identificar com uma velhinha, com uma criança. E o outro em resposta também se identifica comigo. Mas isso é troca, empatia, quase amor.

JCH: Gente de casebre e de castelo.
AB: Isso quem observou bem foi Patrício Bisso. O fato de eu ter ido parar lá no mundo da Virginia Woolf e ficado amigo de Quentin Bell, sobrinho e biógrafo dela, assim como familiares. Não fui eu que pedi, foram eles que me adotaram. Pude com eles conviver numa intimidade de sala, cozinha e cemitério; e com a mesma familiaridade de quintal e esquina, com amigos punks da periferia. Em nenhum dos casos houve barreira social ou de idade.

JCH: Isso é bonito, não é?
AB: É que trabalho desde meus quinze anos. Eu não gostava de escola e meu pai, prático, sempre me arranjava emprego. Donde minha identificação com os punks. Fui punk antes do movimento. Fui office boy, fazia entrega de bicicleta. Quando fui tratar da aposentadoria, percorrendo os muitos lugares onde trabalhei, fui na Cervejaria Antarctica, em Ribeirão Preto,

e na minha ficha estava "trabalhador braçal". Me senti orgulhoso do meu passado de operário.

JCH: A literatura é um trabalho?
AB: Não. É um prazer. Tanto que nunca esperei ganhar dinheiro com literatura. Já com o teatro, além do eventual prazer, era também um meio de ganhar dinheiro, de sobreviver. Trabalhei muito, também, como auxiliar de escritório, mas detestava. Foi aí que despontou a verve teatral e comecei a escrever peças. Com direitos autorais pagava aluguel, me alimentava e me divertia mais.

JCH: Notei em Perseverança que você não fala em comida. Você não gosta de comer?
AB: Gosto, mas não sou fanático. Não tenho essa coisa, que de um tempo pra cá virou moda, essa coisa gastronômica de ser chef, de ficar enlouquecido com cozinha exótica. Cozinha japonesa, tailandesa, peruana, baiana, comigo esse fascínio não pegou. Me alimento porque é preciso comer pra não morrer. Lembro, na década de 1980, de um livro de receitas rápidas e práticas, do Antonio Houaiss. Aquilo foi definitivo, porque até hoje, se você me perguntar o que comi ontem, direi: penne com sardinha em lata e muito limão.

JCH: Sardinha é o seu coringa?
AB: E veja que coincidência: Nessa época do livro de receitas do Houaiss também li um livro do Evelyn Waugh, Um punhado de pó, no qual o narrador, um viajante inglês, na selva amazônica se alimenta diariamente apenas de uma lata de sardinha cujo estoque para a viagem ele trouxe de Londres. Ele acaba refém de uma tribo no Amazonas cujo pajé o obriga a ler a obra completa de Charles Dickens. É um castigo absurdo,

mas bem engraçado. Não lembro direito, mas parece que no final ele morre. Mas voltando ao assunto comida, reconheço amar a cozinha libanesa, síria, árabe.

JCH: Quibe cru?

AB: Quibe cru já experimentei, mas vivo muito bem sem carne, embora não dispense um Big Mac lá uma vez e outra. No fundo sou mais vegetariano. Mas como disse, não sou fanático nem radical.

JCH: E em economia doméstica, você é prendado?

AB: Ainda hoje sou eu que faço a faxina. Demoro pra começar, mas quando começo não paro enquanto não achar que a casa ficou "um brinco". Por outro lado, se tiver que trocar o sifão da pia ou a resistência do chuveiro apelo pra um especialista.

JCH: Com oitenta anos, você ainda tem medo?

AB- Depende. Na verdade, em toda a minha vida nunca tive medo. É aquela coisa que falei lá atrás, me identifico facilmente com o outro. E no que me identifico, a pessoa também acaba se identificando comigo e o medo some de vista. No meu direito territorial já botei até um jacaré pra correr. Foi assim: eu tinha um lugar meu, um recôndito secreto, um pequeno lago de água límpida junto à nascente de um rio, lugar onde eu costumava ir comungar com a natureza. Um dia cheguei lá e vi que a água estava turva. Olhei em volta para descobrir porque a água estava suja e vi, num canto, um jacaré, só com o focinho e os olhos fora da água. Fiquei sério, encarei o jacaré de frente e falei assim, sério: "Jacaré, este lugar é meu, o descobri antes de você e ele vai continuar meu". Acredita que depois de me ouvir o jacaré fugiu, saiu feito bala mata adentro?! Fiquei passado, mas aquilo me deu consciência de que, sem o menor esforço, eu tinha certo poder de direito territorial. Isso foi uma das muitas magias da vida de peregrino solitário.

JCH: Você dorme com a luz acesa?

AB: Não. Na infância campestre nós dormíamos, como se diz, com as galinhas. Às seis da tarde, no máximo às oito horas da noite. Esse hábito não me abandona. Gosto de me recolher cedo, com um livro. E tenho sonhos e pesadelos maravilhosos. Adoro pesadelo.

JCH: Você lembra, depois?

AB: Se acordo assustado, eu lembro. Sonhos são como filmes cujos roteiros se fazem sozinhos. Repara que nos nossos sonhos somos sempre o personagem central. Não tenho problema nenhum se perco o sono. Tenho sempre um livro à cabeceira e leio até o sono voltar.

JCH: Você é muito tenaz, a coisa da perseverança do livro, quando você quer algo, mesmo que seja a passos lentos você continua querendo e vai até o fim.

AB: Houve um tempo na juventude, em que insatisfeito com o viver provinciano me sentia sem rumo. Daí uma tarde, na casa de uma família conhecida chegou de São Paulo um rapaz que fazia teatro. Muito animado ele contava pra nós do interior as alegrias da vida teatral. Ele era braço direito de uma famosa atriz e gesticulava entusiasmado imitando o recital da diseuse argentina Berta Singerman que ele tinha acabado de assistir no Teatro Municipal. Vendo-o tão expansivo no mesmo instante decidi que teatro era o rumo mais fácil que eu deveria tomar.

JCH: E tomou?

AB: Tomei. Em vez de ir pra São Paulo, fui pro Rio estudar teatro. Estava com vinte anos. Tinha uma irmã, a mais velha, casada e morando em Ipanema. De modo que a base da minha formação teatral é toda carioca. Foram doze anos de Rio de Janeiro, dos vinte aos trinta e dois. Foi uma excelente formação e sobre ela eu não vou repetir aqui porque já contei no primeiro volume de minha autobiografia, Mundo adentro vida afora. Desde então minha vida tem sido entre Rio, São Paulo e mundo. Nasci em São Paulo por acidente no percurso de meus pais, mas aos dois anos fui levado embora pro interior. Morar na cidade, mesmo, só depois. Em 1968 e 69 passei um tempo maior, por causa de minhas peças, aqui encenadas. E passei a gostar da cidade. Mesmo em plena ditadura São Paulo fervilhava.

JCH: Esse fervilhar era justamente porque proibiam, é isso? Quanto mais reprimiam, mais se fazia...

AB: Exatamente. As pessoas fazem um drama da ditadura. É claro que rolou muita tragédia, mas também, no que me tange, nunca me diverti tanto. Fazia tudo que queria. Se era censurado eu ia para Brasília seduzir a censura. Odete Lara, na época envolvida na produção de uma de minhas peças, Longe daqui aqui mesmo, que fora censurada durante os ensaios, me deu a dica de usar de sedução para dobrar a censura federal lá em Brasília, para onde tive que ir conversar com os censores. Odete foi mestra em me educar no charme situacionista. E consegui a liberação da peça.

JCH: A idade te fez bem ou continua a mesma coisa? Está mais pesado agora do que aos vinte anos?

AB: É claro que aos oitenta não tenho a mesma agilidade física dos catorze, mas não faço drama disso. Sempre achei uma bobagem dramatizar as idades, essa coisa da crise dos trinta, dos quarenta, dos setenta, dos oitenta. Eu nunca sofri essas crises porque no fundo a vida, se a gente parar pra pensar, está sempre em crise, e a gente tem mais é que se adaptar ao ritmo da hora.

JCH: Quase como links, não é? Que nos conecta com anjos, energias, seres?

ABL Em inglês tem uma palavra, "serendipity", que é a faculdade de descobertas por acidente. São coisas boas que acontecem quando menos se espera. Pode ser traduzida por "acaso".

JCH: Você se acha protegido, ainda hoje?

ABL Certamente. Por ter passado por várias experiências nesse campo, creio ter, sim, uns anjos, uma força protetora.

JCH: Quando você experimentou drogas, não tinha esse mesmo pensamento em entidades?

AB: Nunca me excedi com drogas. Usei LSD aos quase trinta anos, primeiro acompanhado por um guia experiente, no tempo da contracultura e descobertas, no final da década de 1960, época em que uma larga faixa da juventude se entregou às descobertas do consciente e do inconsciente. Nunca tomei LSD como recreação, mas para adentrar as portas da percepção de que falava Aldous Huxley e William Blake. Foram experiências transformadoras, metafísicas às quais sou imensamente grato.

JCH: Existe alguma diferença entre a cena literária aqui no Brasil, especificamente em São Paulo, e na Inglaterra, onde você viveu por longo período?

AB: Existe sim. Vim até pensando nisso, agora no metrô.

Nunca freqüentei o mundo intelectual brasileiro. Não me sentia parte dele, aquele falar difícil, aquela tônica, achava muito, pra minha cabeça.

JCH: Você acha que tem um pouquinho de ego envolvido? É diferente daqui de lá?

AB: E bota ego nisso! Não consigo, não dá liga. Me dá sono, eu bóio nessas discussões literárias muito cabeça, cheias de termos que tenho que parar pra pensar, e que, enquanto penso eles já estão lá adiante... Nos doze anos que frequentei na Inglaterra a escola e as reuniões em torno de Virginia Woolf e o Bloomsbury, em Londres, no campo e em Cambridge, tudo, embora profundo, era mais leve, mais direto, mais relaxado, mais divertido.

JCH: E olha que estamos falando de Virginia Woolf...

AB: Eu entendia tudo com grande facilidade, sem a menor barreira da língua. Ali eu me sentia em casa, no meu ambiente, no meu elemento.

JCH: E esse seu lado moralista, me fala um pouco.

AB: Pra começo de conversa, não gosto de propaganda sexual arreganhada. Sexo, quanto menos dele falar, melhor é o resultado.

JCH: A opinião do outro te importa ou não?

AB: Me incomoda um pouco, mas logo tiro de letra.

JCH: Você se preocupa com dinheiro?

AB: Não, desde que tenha o bastante para me alimentar, vestir, e, pagar as contas em dia (de preferência até adiantado). E dinheiro pra de vez em quando uma viagem de volta ao conhecido ou até ao desconhecido. Acho dinheiro bom, mas não sou consumista. Se dependesse de mim, como consumidor, o comércio fechava as portas. Já tive, é claro, uma fase de ser quase escravo da moda, mas hoje me satisfaço em olhar vitrine. Acho vitrines obras de arte, tanto quanto museus. Mas comprar, mesmo, a última coisa que comprei, há meses, foi uma bermuda, na Riachuelo.

JCH: O Bivar não chora?
AB: Choro com a maior facilidade. Geralmente choro de felicidade. Se tem coisa que tenho em abundância é lágrimas. Um manancial. E não tenho o menor pudor em chorar em público.

JCH: Se você chora de tristeza, pra quem você liga?
AB: Sabe que não faço isso? Não gosto de deixar as pessoas preocupadas. Acho que a última vez que chorei de tristeza no telefone pedindo socorro foi em 1997. Depois nunca mais.

JCH: Nem com sua mãe? Não gostava de deitar no colo dela?
AB: Minha mãe era muito prática, não gostava de filho deitado no seu colo.

JCH: Em Perseverança você aborda uma citação do Quentin Crisp que acho o máximo: "tratar as catástrofes como trivialidades, mas jamais tratar as trivialidades como catástrofes". Acho que você transfere um pouco disso do Quentin Crisp para seu cotidiano, sua vida...
AB: É aquela coisa, empatia, identificação. Nos correspondemos até a véspera da morte dele. O quarto dele era mais espartano que o meu, era um quartinho. Quentin Crisp, para os que o conheciam era considerado uma pessoa santa. E quan-

do ele morreu tinha um milhão de dólares no banco, que ele nunca mexia, não fazia falta. Ele ia deixando lá. Tinha uma sobrinha que tomava conta, pra ele.

JCH: Me fala um pouco sobre o envelhecimento de sua mãe. Você entendeu quando sua mãe foi embora?

AB: Escrevi sobre a morte dela em Bivar na corte de Bloomsbury, livro que é a continuação deste, embora escrito antes e já publicado. Minha mãe era o nosso esteio. Desde os meus cinco anos, quando ela me levava à noite por uma estrada escura até a vila próxima, para visitar parentes. Aprendi com ela a ser corajoso. Segurando minha mão íamos estrada afora, ela me distraindo contando histórias. Eu sentia total segurança, não tinha medo nenhum. Viúva, morando sozinha, com quase 80 anos, aconselhada pela filha mais velha mamãe escreveu suas memórias. Eu e meus irmãos pagamos a edição do livro. Quando os pacotes com os 500 exemplares chegaram à sua casa ela ficou três dias sem falar com a gente, como se tivéssemos violado a intimidade dela. Ela tinha escrito suas memórias num caderno só para nós, seus filhos, não para ser impresso em 500 cópias. Depois, quando começaram a chegar cartas de aprovação ela passou a gostar. Com seu livro, Lembranças, dona Guilhermina recebeu mais cartas de leitores que eu, com os meus. Em seu livro minha mãe revela um lado engraçado, um humor natural que resgato um pouco, aqui em Perseverança. As pessoas, a vizinhança do bairro, feirantes, adoravam minha mãe.

JCH: E seu pai, não?

AB: Meu pai era aquilo que contei: de vez em quando ele sumia por meses e voltava. Uma tia, irmã da mamãe escreveu aconselhando-a a separar-se dele, mas mamãe era fiel e cuidou dele até o fim. Papai era jogador e bebia. Mas os estudantes gostavam muito dele. Era engraçado, filósofo, tinha um humor carioca – ele era fluminense, de São João da Barra, mas cresceu no Rio de Janeiro, com a grande família. Seu pai foi professor no Colégio Pedro II. Mas tinha esse lado irresponsável. Sumia quando devia estar presente. Mas teve o lado positivo. Com papai ausente, minha mãe cuidava das filhas e não dispunha de tempo pra mim e meu irmão, de modo que cresci muito livre, com uma infância e adolescência muito boas.

JCH: Vocês eram em quantos irmãos.
AB: Cinco. Três mulheres e dois homens. Eu, filho do meio.

JCH: Todos vivos?
AB: Leopoldo, seis anos mais velho que eu, morto em 1996. Artista plástico. Respeitadíssimo na cidade (Ribeirão Preto) e fora. Era um gênio da arte em madeira.

JCH: E suas irmãs, têm alguma ligação com a arte?
AB: Heloisa, a caçula, é mãe de Rafael Marquese e Rodrigo Bivar. Rafael é historiador de renome internacional; Rodrigo, pintor, está construindo uma bela carreira no Brasil e no exterior. Maria Guilhermina, a do meio, perdeu o único filho, Pedro, num trágico acidente automobilístico aos 18 anos. Estava matriculado na Faap, ia fazer cinema; Anna Eliza, a mais velha, seu filho Luiz Eduardo é responsável pelo fabrico de metade do que se vê nos desfiles das escolas de samba do carnaval carioca na Marquês de Sapucaí. De modo que a família tem, sim, muita ligação com a arte.

JCH: E como você chegou na Virginia Woolf?
AB: É claro que eu já sabia da Virginia Woolf. Na década de 1960, a peça Quem tem medo de Virginia Woolf, de Ed-

ward Albee, embora ela não apareça na peça – o Woolf ou Wolff, lobo, do título é um trocadilho com a brincadeira infantil "quem tem medo do lobo mau, lobo mau, lobo mau", mas seu nome no título despertou novo interesse na academia norte americana e mundial pela obra dela. Eu nunca tinha lido Virginia Woolf e nem sei se a leria, não fosse ter encontrado, em 1973, seu romance As ondas na estante de um apartamento onde estava hospedado em São Paulo. Sem exagero, nenhum romance até então me impressionara como As ondas me impressionou. Foi uma paixão literária tão avassaladora que o próprio universo conspirou pra que, vinte anos depois, em 1993, eu fosse parar no seu universo geográfico e ficasse amigo de Quentin Bell, seu sobrinho e primeiro biógrafo, e sua mulher, Anne Olivier Bell, a editora dos cinco volumes dos diários de Virginia. Amizade duradoura até a morte de ambos. A dele, em 1996, e a dela em 2018.

AUTOBIOGRAFIA PUBLICADA

Mundo adentro vida afora (1939-1970)
Verdes vales do fim do mundo (1970-1971)
Longe daqui aqui mesmo (1971-1973)
Aos quatro ventos (1973-1982)
Perseverança (1982-1993)
Bivar na corte de Bloomsbury (1993-2004)

© HUMANAletra, 2019.
© Antonio Bivar, 2019.

Edição: José Carlos Honório
Revisão de textos: Andressa Veronesi
Projeto gráfico e paginação: A2

Nesta edição respeitou-se o novo Acordo
Ortográfico da Língua Portuguesa.

Crédito das imagens: acervo pessoal

Dados Internacionais de Catalogação na Publicação (CIP)
(Câmara Brasileira do Livro, SP, Brasil)

Bivar, Antonio, 1939-
    Perseverança / Antonio Bivar. -- São Paulo : Editora
Humana Letra, 2019.

    Bibliografia.
    ISBN 978-85-53065-05-9

    1. Bivar, Antonio, 1939- 2. Escritores brasileiros -
Autobiografia I. Título.

19-27834   CDD-928.69

Índices para catálogo sistemático:
1. Escritores brasileiros : Autobiografia 928.69
Maria Paula C. Riyuzo - Bibliotecária - CRB-8/7639

2019
Todos os direitos desta edição reservados
à HUMANAletra.
Rua Ingaí,156, sala 2011 – Vila Prudente
São Paulo – SP Cep: 03132-080
TEl: (11) 2924-0825

Fonte: Berkeley Oldstyle
Papéis: Chambril Avena soft 90g
Gráfica: BARTIRA